DAS PROBLEM MIT EINEM KLEINSTADT-COWBOY

Die Texas Matchmakers können es nicht lassen, Buch Eins

DEBRA CLOPTON

Das Problem mit einem Kleinstadt-Cowboy

Die Kupplerinnen von Mule Hollow können es einfach nicht lassen!

Liebe passiert, wenn sie passieren soll, und im Fall von Izzy und Luc sind es singende Engel, die der Clique von Kupplerinnen helfen – es ist buchstäblich eine himmlische Liebe …

Es sind acht Jahre vergangen, seit die Friseurin Lacy Brown in ihrem alten pinkfarbenen Cadillac in die Stadt gefahren kam und den kleinen Ort bekannt gemacht hat. Jetzt hat sie eine neue Stylistin engagiert, Izzy Cranberry, die glücklich ist, in der Stadt zu sein, die mit ihrer immer noch laufenden „Frauen gesucht"-Kampagne Geschichte geschrieben hat. Aber sie ist nicht auf der Suche, sie hat sich einfach anstecken lassen von der Faszination ihrer beiden Großmütter, die die Geschichte von Mule Hollow von Anfang an verfolgt haben, bis sie ihre letzten Atemzüge gemacht und sie zurückgelassen haben, um ihren Traum zu erfüllen, für sie in die kleine Stadt zu ziehen … Da sie sie nicht enttäuschen wollte, ist sie jetzt hier – aber nicht mehr lange. Sie ist nur hier, um ihre Großmütter von oben zusehen zu lassen, wie sie mit Lacy Brown Matlock im „Heavenly Inspirations"-Salon Haare frisiert – nicht, um sich von den Kupplerinnen von Mule Hollow verkuppeln zu lassen.

Sie ist nur hier, um andere zu stylen … und vielleicht ein bisschen mit den legendären Kupplerinnen zu lachen, die in ihrem Styling-Stuhl sitzen und glauben, sie hätten ein neues Opfer.

Pferdetrainer Luc Asher hat einen Job in der Stadt angenommen, von der er schon viel gehört hat, hat aber nicht vor, sich verkuppeln zu lassen. Er ist ein Einzelgänger, und das aus gutem Grund, und so weit davon entfernt, nach Liebe zu suchen, wie ein Mann nur sein kann.

Was ihn zum perfekten Ziel macht ... zumindest glauben das Esther Mae, Norma Sue und Adela, die Kupplerinnen der Stadt, in dem Moment, in dem er Sam's Diner betritt und so attraktiv und allein aussieht, wie kein Mann es sein sollte.

Damit beginnt der Spaß dieser neuen Serie, die in der beliebten Stadt Mule Hollow, Texas, spielt, wo die „Frauen gesucht"-Kampagne weiterlebt …

KAPITEL EINS

*M**ule Hollow ist der richtige Ort.* Diese Worte hörte Izzy Cranberry in ihrem Kopf, als sie die Hintertür aufstieß, gähnte und auf die Veranda des Hauses ging, das sie in Mule Hollow, Texas, gemietet hatte.

Die Stadt, die ihre Großmütter geliebt hatten.

Sie lächelte, als die helle Morgensonne wie ein Scheinwerfer vom Himmel auf das kleine Haus schien, während ihre geliebte Gram und Grammy ihren ersten Morgen an dem Ort beobachteten, den sie für sie besuchen sollte.

Hier war sie also, nur für sie.

Die beiden süßen alten Damen hatten sich sogar ein Lied über ihren Besuch in der Stadt ausgedacht und hatten es ihr in den letzten Jahren ihres Lebens viele Male vorgesungen. Diejenigen Jahre, in denen sie an ihrer Seite gewesen war und sich um sie gekümmert hatte, so wie sie es für sie getan hatten, als sie sie früh in ihrem Leben gebraucht hatte.

Izzys Urgroßmutter, Gram, wie sie sie nannte, war im Alter von einhundertsechs Jahren gestorben. Sie konnte es immer noch kaum fassen, dass sie so lange gelebt hatte. Ihre Großmutter, die Izzy Grammy nannte, war ihr zwei Jahre später gefolgt und war siebenundachtzig gewesen, als sie die Tore des Himmels passiert hatte. Izzy lächelte und dachte an den Spaß, den diese beiden, das wunderbare Mutter-Tochter-Team, in ihr Leben gebracht hatten. Sie wusste, dass sie oben im Himmel, wo sie sich Izzys Mutter und ihrem Vater angeschlossen hatten, die vor ihnen dort angekommen waren, dasselbe taten. Ihre Mutter war neununddreißig und ihr Vater vierzig gewesen, als sie zur Welt gekommen war, und sie hatten sie ihren wahrgewordenen Traum genannt.

Sie waren beide drei Jahre nach ihrer Geburt ums Leben gekommen. Und so hatte das Leben mit ihrer Grammy angefangen. Sie hatte sich mit Hilfe von Gram, die zu ihnen gezogen war, als Izzy zehn Jahre alt war, um sie gekümmert. Die beiden hingebungsvollen Frauen waren immer großartig für sie gewesen.

Ihre Großmütter hatten wunderbar für sie gesorgt. Sie waren entschlossen gewesen, ihr all ihre Liebe zu schenken und die Liebe, die ihre Eltern ihr nicht mehr geben konnten.

Sie lächelte, als sie darüber nachdachte. Einen Großteil davon hatten sie durch ihre Liebe zu Liedern erreicht und Licht und Glück in ihr Leben gebracht –

indem sie die Texte so verändert hatten, dass sie direkt zu ihr passten.

Die beiden sangen in ihrem Kopf und Herzen immer noch so deutlich, als wären sie noch immer am Leben. Und sie sangen gerade mit ihren etwas schiefen Stimmen das Lied, das sie geliebt und erfunden hatten, weil sie davon geträumt hatten, nach Mule Hollow zu ziehen. Die kleine Stadt, die durch drei ältere Frauen, die Texas Matchmakers oder die Kupplerinnen von Mule Hollow und die jüngere Lacy Brown Matlock, im ganzen Land bekannt geworden war. Und ihre Großmütter hatten sich den Text zu einem Lied ausgedacht, das gerade in ihrem Kopf spielte. Worte, die sie zur Titelmelodie ihrer Lieblingsfernsehsendung „Green Acres" gesungen hatten …

Mule Hollow ist der richtige Ort.
Die kleine Stadt, in der deine Träume wahr werden!
Ein besonderer Cowboy wartet auf dich ...
In Mule Hollow, oh ja.

Sie kicherte. Der Text passte nicht ganz, und die Melodie war auch nicht ganz richtig, aber es hatte ihr immer Spaß gemacht, zuzuhören und zuzusehen, wie ihre Großmütter gemeinsam für sie sangen. Und sie hörte sie immer noch viele selbst gedichtete Texte zu dieser Melodie singen …

Und jetzt war sie hier. Tatsächlich hier in Mule Hollow, und sie konnte fühlen, wie sie strahlend lächelten und nur für sie aus voller Seele sangen.

Und ihr Lächeln war genauso breit, als sie ihre

Tasse heißen Kaffee auf die Veranda hinter dem Haus trug, das sie gemietet hatte. Das Haus, von dem sie nicht fassen konnte, dass es zu vermieten gewesen war. Das Haus von Lacy Brown Matlock. Der Ort, an dem alles angefangen hatte.

Sie war jetzt bei Sonnenaufgang auf den Beinen, und es spielte keine Rolle, dass sie lange nach Mitternacht hier angekommen war, da sie schon immer eine Frühaufsteherin gewesen war. Auch das hatte sie von ihren Großmüttern. Heute Morgen war es nicht anders. Sie war aufgestanden und angezogen für ihren ersten Morgenlauf auf der unbefestigten Straße. Aber zuerst lockte der Kaffee. Es war noch nicht einmal sieben Uhr morgens – was für sie normalerweise spät war, doch gestern hatte sie lange gebraucht, bis sie mit dem Packen fertig gewesen war, sich dann von ihren langjährigen Nachbarn verabschiedet hatte und schließlich quer durch Texas gefahren war, um Grams und Grammys Traum zu erfüllen.

Nicht ganz, aber das meiste davon, und dann würde sie zum ersten Mal in ihrem Leben entscheiden, was ihr nächster Schritt sein würde. Ihr Umzug in die Großstadt, wo sie mit ihrem Traum von vorn anfangen wollte. Aber vorerst war sie hier in Mule Hollow, um ihren geliebten Großmüttern einen Blick vom Himmel auf den Ort zu erlauben, den sie so gern besucht hätten.

Die Stadt, die seit dem Tag, an dem drei Frauen eine Anzeige in Zeitungen in ganz Texas geschaltet hatten, um ihren sterbenden Ort zu retten, auf eine wilde

Geschichte von Kuppelei und Verkuppelten blickte. Eine alte Öl- und Viehzuchtstadt, die die meisten ihrer Bewohner verloren hatte, als der Ölboom in der Gegend im Sande verlaufen war. Bis auf die Cowboys und ein paar andere waren alle weggegangen, und die Stadt hatte im Sterben gelegen. Dann waren die Anzeigen gekommen: Mule Hollow – Frauen gesucht.

Und Geschichte wurde geschrieben, als die Friseurin Lacy Brown die Anzeige sah, ihren alten pinkfarbenen Caddy mit einem Koffer und ihrer besten Freundin, der Maniküristin Sheri Marsh, belud und sie in die Stadt kamen, um Lacys Mission in Angriff zu nehmen – und gleichzeitig den Kupplerinnen zu helfen, als immer mehr Frauen auf die Anzeige hin in den Ort gekommen waren.

Lacy hatte gesagt, dass sie auf der Suche nach Liebe in die Stadt kommen würden, und Lacy würde dort sein, um ihnen die Haare zu stylen und ihnen dabei zu helfen, sie „an den Mann zu bringen" während sie ihre Liebe zu Jesus mit ihnen teilte. Und Geschichte wurde geschrieben, als sie genau das tat. Izzys Großmütter hatten die Entwicklungen durch die mittlerweile berühmten wöchentlichen Artikel von Molly Popp verfolgt.

Und in diesen Artikeln begannen ihre Großmütter und alle anderen, die Eskapaden der Kupplerinnen von Mule Hollow zu verfolgen …

Diese Eskapaden halfen ihren süßen Großmüttern, die nicht so gesund waren, wie sie sein sollten, jedes

Mal zu lächeln, zu lachen und Spaß zu haben, wenn die Zeitung am Samstag kam. Sie hatten Mollys Kolumne gelesen, seit ihre Artikel zum ersten Mal erschienen waren, vielleicht elf Jahre oder länger. Jetzt war Izzy ihretwegen hier – nicht, um Liebe zu finden, sondern nur, um ein paar Monate an dem Ort zu leben, der ihren Großmüttern in den letzten Jahren ihres Lebens Freude bereitet hatte.

Izzy hatte beschlossen, dass sie ihn für sie sehen musste – und sie konnte genauso gut auch arbeiten, während sie hier war. Sie war Friseurin, und Lacy hatte sie nach einem Telefonat eingestellt, als sie erfahren hatte, warum sie in die Stadt ziehen wollte. Sie hatte auch dieses niedliche Haus zum Teil des Deals gemacht.

Jetzt, während sie die Kaffeetasse in der Hand hielt, schaffte sie es, die Tür hinter sich zuzuziehen, dann drehte sie sich um und blieb stehen, als ihr Blick auf den blauen Hügel fiel.

„Whoa, wow … *unglaublich*", sprudelten die Worte aus ihr heraus, während sie voller Ehrfurcht auf den Hügel mit den Lupinen starrte, der sich vor ihr erhob.

Der gesamte Hügel erstrahlte im Morgensonnenschein, und Lupinen breiteten sich darauf aus wie saphirblaues Wasser, das sich den riesigen sanften Hügel hinab ergoss, kleine weiße Wellen auf jedem Gipfel.

Fassungslos ließ sie sich auf die Hollywoodschaukel sinken und trank einen Schluck

Kaffee, während ihr Tränen in die Augen traten. „Oh, das würde euch so gefallen", keuchte sie ehrfürchtig, dann wurde ihr klar, dass ihre Großmütter es von oben sahen.

Sie seufzte und genoss die Freude des Augenblicks – sie hatte den richtigen Schritt gemacht, als sie hierhergekommen war. Allein für diesen einen Moment hatte es sich gelohnt.

„*Zieh nach Mule Hollow*", hatte Gram gesagt. „*Es ist wunderbar, und du wirst Spaß haben und dich hoffentlich in einen dieser schnuckeligen Cowboys verlieben.*"

Izzy war im Moment nicht auf der Suche nach einem schnuckeligen Cowboy oder irgendeinem Mann. Sie verspürte einfach den starken Drang, ihr Leben zu ändern, neu anzufangen.

Sie konnte jedoch den Drang nicht ignorieren, den Traum ihrer beiden Großmütter zu erfüllen und Mule Hollow wenigstens zu besuchen. Hinzu kam, dass sie Friseurin war und ein Anruf bei Lacy ausgereicht hatte, um den Job zu bekommen.

Lacy war begeistert gewesen. „Ja, ja, bitte komm! Izzy Cranberry, du bist die Antwort auf meine Gebete!"

Die begeisterte Reaktion verriet Izzy, dass sie für den Moment die richtige Wahl getroffen hatte. Lacy hatte jetzt zwei Kinder, und obwohl sie hier in der Stadt eine wunderbare Kindertagesstätte für sie hatte, wünschte sie sich etwas mehr Freizeit, um Mutter zu sein. Und die Tatsache, dass sie die Geschichte des

Ortes mit ihren Großmüttern verfolgt hatte, gab Izzy die nötigen Hintergrundinformationen, die sie brauchte.

„Also", hatte Lacy mit mehr Begeisterung gesagt, als Izzy erwartet hatte. „Du wirst perfekt reinpassen. Du bist –", sie hatte innegehalten und dann schnell hinzugefügt, „– *das neue Talent im Ort*."

Sie hatte dafür gesorgt, dass Lacy wusste, dass sie nur vorübergehend bleiben würde und sich einfach eine Auszeit genehmigte, bevor sie entschied, was sie vom Leben wollte.

Und heute Morgen war sie von blauen Lupinen umgeben ... und sie riefen ihren Namen. Sie stand auf, stellte ihren Kaffee auf den Verandatisch und joggte die beiden Stufen hinunter, froh, dass sie bereits Laufschuhe, Joggingshorts und T-Shirt anhatte.

Am Stacheldrahtzaun zögerte sie nicht, bückte sich und kroch unter dem Zaun hindurch auf die Weide. Sofort huschte ein breites Lächeln über ihre Lippen, als die Freiheit sie durchströmte, ein Gefühl, das sie gebraucht hatte. Sie begann, bergauf in die Masse dichter, üppiger blauer Wellen zu gehen – die Staatsblume von Texas war atemberaubend. Vor allem aus der Nähe.

Das Blau war unglaublich, es wehte sanft im Wind, wie ihr welliges Haar, das genauso im Wind spielte. Eine Strähne schlug ihr ins Gesicht, und sie kicherte, als sie sie wegschob, während sie ihren nächsten Schritt in der dichten blauen Blumenmasse machte. Sie atmete die Luft ein, genoss die Frische, als ihr Fuß wieder in die

Blumen tauchte, und erstarrte, als sie plötzlich das Klappern einer Klapperschlange hörte.

Ihr Herz pochte, als ihr Blick auf den Boden vor ihr fiel und zwischen den dichten Blumen suchte. Ihre Kehle und ihr Mund wurden trocken, ihr Herz raste, als sie kaum einen Schritt entfernt die zusammengerollte Klapperschlange entdeckte, die den Kopf hob, während sie sie wütend anstarrte.

Oh Gott, sie keuchte ein stilles Gebet, und im selben Moment bemerkte sie aus dem Augenwinkel eine Bewegung auf dem Hügel. Ihr Blick wanderte von der schrecklichen Schlange, die bereit war zuzuschlagen, zu dem Cowboy, der im Sattel seines Pferdes saß, während er den Kamm des blauen Hügels erklomm.

„*Hilfe*", formte sie mit ihren Lippen, wohl wissend, dass er zu weit entfernt war, um ihr zu helfen, bevor die Schlange ihr Bein erwischte.

Soll ich zur Seite hechten?

Der Gedanke kam ihr, als der Cowboy plötzlich sein Gewehr aus dem Halter am Sattel zog, es anlegte und zielte.

Zielte!

Mit pochendem Herzen hatte sie eine Klapperschlange vor sich und einen Cowboy mit einem Gewehr, das hoffentlich auf die Schlange und nicht auf sie gerichtet war. Sie stand wie erstarrt da und betete, dass Gott zu ihren Gunsten eingreifen würde.

Und dann hallte der Schuss über den Hügel ...

KAPITEL ZWEI

Luc Ashers Brahman-Bulle hatte den Zaun durchbrochen, um herumzustreifen, darum war er über die Weiden geritten, um nach dem reizbaren Tier zu suchen. Er ritt auf den Hügel und blickte auf das kleine rosafarbene Haus, das seit seiner Ankunft in der Stadt leer gestanden hatte.

Lacy Matlock, die Besitzerin, wartete auf die Richtige – ihre Worte, nicht seine – und hatte dann hinzugefügt, dass sie die Richtige erkennen würde, wenn Gott ihr auf die Schulter klopfte. Er hatte es amüsant gefunden.

Aber die Frau war eine Lady, die auf den Herrn hörte, und das hatten ihm alle in der Stadt gesagt, als er vor ein paar Wochen angekommen war. Sein Freund und Grund seiner Anwesenheit, Pace, hatte es bestätigt.

Und alle Geschichten über Mule Hollow bewiesen es.

All diese Gedanken kamen ihm schnell in den Sinn,

als sein Blick zu dem Haus schweifte, das dort wartete – leer wie immer –, und plötzlich erregte eine Frau mit goldenen Haaren seine Aufmerksamkeit. Sie stand wie erstarrt auf halber Höhe des Hügels in der dichten Masse der Lupinen, und ihr erstarrter, geschockter Blick begegnete seinem, dann starrte sie wieder auf den Boden in ihrer Nähe.

Sofort meldete sich sein Instinkt, und er löste seinen Blick von ihr, da er wusste, warum sie wie erstarrt dastand. Er suchte den Boden ab, während er sein Gewehr aus der Halterung zog. Da entdeckte er die Klapperschlange, mit erhobenem Kopf, angriffsbereit – Gott sei Dank schlugen sie nicht immer sofort zu, sondern gaben eine rasselnde Warnung. Luc hatte Zeit, denn er hob automatisch und ohne zu zögern das Gewehr, das er immer geladen bei sich trug, bereit für ein Treffen mit einer Klapperschlange oder einer anderen Überraschung, der er begegnen könnte. Zum Glück sah man sie nicht so oft, wie man meinen könnte, aber es reichte eine einzige Begegnung, um zu wissen, dass man besser vorbereitet war.

Die kluge Frau blieb wie angewurzelt stehen. Entsetzte Augen bohrten sich in seine, aber als sie sah, wie er sein Gewehr hob, war das Glitzern in ihren Augen ruhig, ihr Blick schoss nach links und dann zurück zu ihm. Das war alles, was er wissen musste – wenn sie springen wollte, dann weg von der Klapperschlange. Weg von seinem Schuss – also nickte er und drückte den Abzug, während sie in die entgegengesetzte Richtung hechtete.

Die Kugel traf ihr Ziel, und beim Aufprall flog die große Klapperschlange in die Luft und wand sich im Flug. Und die blonde Schönheit landete am Boden, stand dann auf und rannte so schnell auf das Haus zu, wie ihre stiefellosen Füße und nackten Beine sie tragen konnten.

Er schob sein Gewehr zurück in die Halterung, trieb Magnum an, und das Pferd stürmte den Hügel hinunter und holte die Frau ein, als sie den Zaun in der Nähe des Hauses erreichte. Sie hielt sich am hölzernen Zaunpfosten fest und rang nach Luft, als sie mit vor Erleichterung leuchtenden Augen zu ihm aufsah. Augen, die so blau waren wie die Lupinen um sie herum.

„Sind Sie okay?" Er sprang von seinem Pferd und dankte Gott, der ihn hierher geführt hatte, um in der Zeit der Not dieser Frau da zu sein. Die hübsche Frau fesselte ihn mit ihrem Lächeln, als sich die Mundwinkel ihrer breiten, weichen Lippen hoben.

„Dank Ihnen. Aber ich weiß nicht, wie es mir ergangen wäre, wenn Sie nicht auf wundersame Weise über den Hügel gekommen wären. Ich habe nicht nachgedacht und bin einfach in die blauen Lupinen gelaufen – ich habe nicht daran gedacht, vorsichtig zu sein", sagte sie mit heiserer Stimme. „Selbst in der Stadt wurde mir beigebracht, aufzupassen, aber ich – nein. Ich bin in diese wunderschönen Blumen gelaufen und habe nur daran gedacht, diesen blauen Hügel zu genießen."

Sogar aufgewühlt wie sie war, hatte sie eine Art, mit Worten umzugehen, die ihm gefiel. Er verstand, warum Lacy Brown Matlock entschieden haben musste, dass sie perfekt für ihr rosa Haus war – oder vielleicht sah er einfach, was er sehen wollte. Das Haus mit seinen baumelnden, funkelnden Glasglöckchen und den glitzernden Windspielen aus Metall, die er selbst jetzt, seit das Trauma vorüber war, im Wind singen hören konnte, passte zu dieser Frau.

Die Cowboys von Mule Hollow werden für diese Frau Schlange stehen. Deine Nachbarin –

Er verdrängte den Chor, der in seinem Kopf dröhnte, und streckte seine Hand aus, weil er sie – und sich selbst – beruhigen musste. „Hi, ich bin froh, dass ich hier war. Ich bin Luc Asher, Ihr Nachbar die Straße runter. Sie müssen Lacys neue Mieterin sein." Ihr Lächeln wurde breiter, und als sie seine Hand ergriff, schoss sofort Feuer durch ihn hindurch.

„Ja, das bin ich", sagte sie mit heiserer Stimme vor Angst und vom Laufen – vielleicht weil sich ihre Hände berührten. „Ich bin Izzy Cranberry. Die neue Mieterin dieses kleinen süßen rosa Hauses. Und wir können ruhig du sagen, so alt sind wir noch nicht."

Er grinste und zwang sich, ihre Hand loszulassen. „Dachte mir schon, dass du die neue Mieterin bist. Wenn ich vorbeikomme, um nach dem Vieh zu sehen oder den Zaun abzureiten, ist niemand sonst hier draußen. Lacy hat ..." Er sollte es nicht sagen, aber er tat es: „Sie hat nach jemandem gesucht, der das Haus mietet, und sie hat dich gefunden."

„Na ja, genau genommen habe ich sie gefunden, und sie war so nett, mir dieses Haus zu vermieten – und zum Glück kann ich es dank dir immer noch genießen und ihr sagen, wie sehr ich die blauen Lupinen liebe – nun, zumindest bisher. Ich liebe sie immer noch, aber ich werde sie lieber aus der Ferne bewundern. Ich werde nie wieder einfach da rein laufen."

„Wenn du das machen willst, zieh dir ein Paar Stiefel an, eins, das bis zu den Kniekehlen reicht. Aus der Sicht eines Cowboys kann man in einem Paar Cowboystiefeln alles machen –" Ihr Blick wanderte zu ihren Füßen. Er folgte ihm entlang ihrer kleinen, zierlichen Gestalt. Es war offensichtlich, dass sie Sport machte. Ihre schlanken Beine hatten Muskeln und waren wohlgeformt – er riss seinen Blick wieder nach oben, bevor sie ihn dabei erwischte, wie er sie anstarrte. Sie blickte auf und bemerkte nicht, dass sein Blick abgeschweift war. Er würde sich bemühen, es nicht noch einmal zu tun.

„Ich hole mir ein Paar." Ihre Stimme und ihr Blick waren jetzt ernst.

„Eine lange Strecke damit zu joggen wird vielleicht unbequem, aber zu dieser Jahreszeit kann man bedenkenlos diesen Hügel hinauf und über die Weiden laufen. Ich reite jeden Tag eins der Pferde, aber heute bin ich auf der Suche nach einem Bullen. Ich glaube nicht, dass er dich angegriffen hätte, aber er ist groß und hätte dich vielleicht erschreckt. Er hat einen Zaun umgerissen."

„Er hätte der sein können, der mich überrascht hätte, anstatt der Klapperschlange? Wow, an das alles hatte ich gar nicht gedacht. Ich komme aus der Stadt und bin nur wegen meiner Großmutter hier – nein, eigentlich, weil ich eine Veränderung gebraucht habe. Gram hat Molly Popps Artikel über Mule Hollow-Cowboys immer verfolgt – du weißt sicher, was ich meine, da du ja von hier bist."

„Ja", sagte er lachend. „Ich weiß genau, was du meinst. Ich muss sagen, nach dem, was mein Freund Pace sagt – er hat Sheri geheiratet, die mit Lacy in diesem rosa Cadillac hergekommen ist – kann die Situation hier schnell außer Kontrolle geraten. Er ist froh, dass er seine Sheri gefunden hat, aber er hat mich gewarnt, für den Fall, dass ich nicht damit rechne, dass die alten Kupplerinnen mich aufs Korn nehmen. Und darauf habe ich wirklich keine Lust."

Ihre Stirn runzelte sich über noch strahlenderen Augen. „Nach dem, was meine Großmütter gesagt haben, sind sie hinter jedem her – aber ich bin auch nicht auf dem Markt. Sheri und Pace wohnen in der Nähe?"

„Wenn sie in der Stadt sind, wohnen sie in ihrem neuen Haus weiter die Straße runter von da, wo ich ihr ursprüngliches kleines Haus übernommen habe. Ich kümmere mich hier um sein Vieh und reite Pferde zu, während er und Sheri in Australien sind und ein paar Leuten dort beibringen, wie man Pferde auf unsere Weise reitet …" Warum ging er so ins Detail? Das war nicht seine Art.

„Vielleicht sitzen wir also im selben Boot." Er grinste.

„Kann gut sein, ja. Ich denke, wenn diese Zeit gekommen ist, werde ich bereit sein, doch letzten Endes bin ich diejenige, die entscheidet, ob ich mich verliebe oder nicht, nicht sie." Sie lächelte strahlend bei ihren Worten, und dieses Lächeln grub sich tief in sein Herz und berührte es.

„Ich bin wegen meiner Großmutter hier. Ich bin Friseurin und liebe meinen Beruf. Aber meine Gram ist krank geworden und hatte niemanden außer mir, also habe ich meine Karriere aufgegeben und bin zu ihr gezogen. Von Anfang an hat sie jeden Artikel von Molly Popp gelesen – ich weiß, dass ihr Name jetzt anders ist, aber Popp scheint eingängig zu sein, also haben sie ihn in den Artikeln so gelassen. Gram und Grammy haben davon geträumt, hierherzuziehen, dann wurde Gram bettlägerig, was für jemanden über hundert nicht ungewöhnlich ist. Sie hat vier Jahre lang in diesem Bett gelegen. Ich bin nach Hause gezogen, um bei ihr zu sein, und wurde mit jeder Geschichte auf den neuesten Stand gebracht. Deshalb muss ich ihr, Lacy, Sheri und vielen anderen persönlich dafür danken, dass sie Teil des Lächelns waren, das immer auf Grams Gesicht war, selbst wenn sie Schmerzen hatte."

Es endete nie, all diese Leute, die Geschichten darüber hatten, wie Mule Hollow ihnen geholfen hatte. Er wusste, dass dies dieser offensichtlich süßen Frau sehr viel bedeutet haben musste. Ihre Liebe zu ihren beiden Großmüttern zeigte sich in ihren Augen.

In der Ferne war das sehr laute Brüllen eines Stiers zu hören. Zum Glück gab es etwas, das seinen Verstand von dieser Schönheit ablenkte und ihn wieder zurück zur Arbeit brachte. Er drehte sich um, und da stand auf dem Hügel der riesige weiß-schwarze Stier mit dem großen Buckel auf dem Rücken.

„Sind das die, die man Brahmanbullen nennt, mit dem Buckel?"

Er grinste. „Genau. Sie sind normalerweise ruhig und sympathisch. Mammoth wurde nicht richtig aufgezogen und ist jetzt ein reizbarer Bulle. Aber ich mag ihn, also arbeite ich mit ihm, um ihn wieder glücklich zu machen."

In diesem Moment stieß der Stier ein lautes „Was machst du hier?"-Gebrüll aus, und neben ihm lachte Izzy – es war wie der Klang eines Windspiels. Er sah sie an. Meine Güte, die Frau strahlte, sie hatte keine Angst mehr und das sah man ihr an. Sie sah aus wie strahlendes Licht zwischen den Lupinen.

„Er klingt ausgesprochen sanft", lachte sie.

Er lachte. „Besser als die Klapperschlange. Aber ich muss jetzt los." Er tippte an seinen Hut, bereit zu fliehen. „Besorg dir ein Paar Stiefel, damit du dir das nächste Mal keine Sorgen machen musst, wenn du den Hügel hoch gehen willst."

„Ich werde mir Stiefel besorgen, bezweifle aber ernsthaft, dass ich nochmal den Hügel hinauf gehen werde. Wenn ich mich entscheide, das Reiten zu lernen, dann vielleicht, denn dann habe ich den Abstand vom Steigbügel zum Boden zwischen mir und den Schlangen. Und dazu noch die Stiefel."

„Ich bin die Straße runter. Du kannst mich nicht verfehlen. Falls du reiten möchtest, komm vorbei. Ich verspreche, dass ich weiß, was ich tue. Ich trainiere Pferde, und wenn ich mit ihnen fertig bin, sind sie ganz ruhig, es gibt keine Prügel, wenn ich ein Pferd zureite. Ich verspreche dir, wenn es ein Pferd gibt, auf das du sicher steigen und es reiten kannst, dann ist es eines von meinen."

Er prahlte nicht. Es war die Wahrheit, und er wusste es. Aber es war Zeit zu gehen. Er packte das Sattelhorn, steckte einen Stiefel in den Steigbügel, schwang sich dann in den Sattel und grinste auf sie hinab. „Geh jetzt vorsichtig zum Haus und renn dabei nicht gegen eines der Windspiele, die an den Bäumen hängen, weil du auf den Boden starrst aus Angst vor einer anderen Schlange. Wir sehen uns." Er wendete sein Pferd und mit einem sanften Stoß seines Knies ritt er los – augenblicklich stieß Mammoth einen weiteren Schrei aus und stürmte in die andere Richtung.

Luc raste den Hügel hinauf und konnte sich nicht davon abhalten, noch einmal einen Blick über die Schulter auf die hübsche Izzy Cranberry zu werfen, die im Sonnenlicht strahlte, während sie ihm beim Reiten zusah.

Er wandte seinen Blick ab und konzentrierte sich auf den Weg. Aber trotz all der Dinge, die ihm sagten, er solle es nicht tun – er freute sich auf das nächste Mal, wenn er sie wiedersah.

Er wusste auch, ob sie es wollte oder nicht, wenn die Kupplerinnen sie trafen, würde ihr ein interessanter Ritt bevorstehen. Ein Verkupplungsritt, der, soweit er gehört hatte, möglicherweise schwerer zu vermeiden war als diese Klapperschlange.

KAPITEL DREI

Izzy war gerade zum Haus zurückgekehrt, als plötzlich der atemberaubende rosa Cadillac in ihre Einfahrt fuhr. Am Steuer saß die blonde, grinsende Lacy Brown Matlock. Sobald das Auto anhielt, sprang sie vom Sitz auf und setzte sich auf die Tür. Dann schwang sie ihre Beine darüber und hüpfte zu Boden.

„Hallo! Großartig, dich zu sehen, Izzy Cranberry. Mit diesem Namen und diesem Lächeln passt du zum Haus und zur Stadt wie Schlagsahne auf einen Beerenkuchen – eine himmlische Kombination." Und dann umarmte Lacy sie zur Begrüßung.

Izzy lachte. Das war der seltsamste Tag gewesen, ein Tag voller Freude, Angst und Dankbarkeit und jetzt auch Gelächter – und nicht zu vergessen: einem hübschen Cowboy, der ihr zur Rettung geeilt war.

Nicht, dass sie das interessiert hätte, der Cowboy hatte sie jedoch vor einer Klapperschlange gerettet, was es schwer machte, ihn zu ignorieren. Aber jetzt starrte sie auf die einzigartige Lacy Brown und ihren pinkfarbenen Caddy. Dieser Tag war definitiv ein unvergesslicher Tag.

„Grammy und ihre Mutter Gram wären jetzt so aufgeregt – ich korrigiere – sie sind aufgeregt, wenn sie von oben zuschauen."

„Das ist so rührend. Mollys Artikel haben viele Frauen auf der Suche nach Liebe in unsere Stadt gebracht. Wir schalten die Anzeigen immer noch abwechselnd in mehreren Gegenden von Texas, und sie bringen weiter Frauen in die Stadt, die unsere Cowboys kennenlernen wollen. Und manchmal finden sie Liebe."

„Gram hat die Geschichten geliebt und sie mir immer vorgelesen."

Lacys erstaunliches Lächeln strahlte von ihr aus, ebenso wie ihre leuchtend blauen Augen. „Wunderbar", sagte sie. „Ich bin so dankbar, dass wir deinen Großmüttern was gegeben haben, das ihnen Freude gemacht hat. Bist du bereit für eine Fahrt?"

Izzys Blick schoss zu dem berühmten Auto. „In deinem Caddy? Deinem pinkfarbenen Caddy?"

Lacy johlte. „*Ja*, ich würde gern eine Tour mit dir durch deine neue Heimatstadt machen, und es gibt nichts Schöneres, als in meinem Cadillac oben ohne zu fahren – damit hat alles für mich angefangen."

Izzy grinste, als sie das alte Lied „Pink Cadillac" von Jerry Lee Lewis in ihrem Kopf hörte. Ihre Großmutter hatte das Lied geliebt, obwohl sie Izzy davor gewarnt hatte, sich auf den Rücksitz eines pinkfarbenen Cadillacs zu setzen. Izzy hatte erst verstanden, was sie meinte, als sie das Lied gehört hatte, als sie älter war. Jetzt lächelte sie nur noch, wenn sie darüber nachdachte, wie sie versucht hatten, sie zu beschützen.

„Meine Großmütter wären glücklich, und deshalb bin ich hier. Da ist eine Fahrt im rosa Caddy perfekt."

Lacy tippte mit ihren langen, glitzernden rosa Fingernägeln – etwas, worüber ihre Großmütter ebenfalls gesprochen hatten –, und als sie nun zusah, wie diese Fingernägel auf die Haube des pinkfarbenen Caddys trommelten, wurde ihr klar, dass Molly Popp ein Gespür für Worte hatte, denn in diesem Moment wurde alles lebendig.

„Lass uns das machen. Allerdings werde ich nicht so reinhüpfen wie du. Eines Tages werde ich es versuchen, aber ich möchte meine Zeit hier nicht mit einem gebrochenen Bein oder einer gebrochenen Nase anfangen. Heute habe ich mit einem wütenden Bullen und einer Klapperschlange schon meine Grenzen überschritten, also werde ich nicht über die Tür deines Caddys springen."

Lacy stützte eine Hand auf die Tür und sprang darüber und auf den Sitz, als wäre das überhaupt nicht schwierig. Die Tatsache, dass sie Kinder hatte, hatte an der Beweglichkeit dieser Frau nichts geändert. „Steig ein und dann erzähl mir, wo du heute Morgen einen wütenden Bullen und eine Klapperschlange getroffen hast."

Das hatte sie nicht sagen wollen, aber sie stieg durch die offene Tür ins Auto und sah in Lacys fragende Augen. „Gerade eben erst. Ich bin unter dem Zaun durchgegangen, um den wunderschönen Hügel mit den Lupinen zu sehen, und auf halber Höhe des Hügels habe ich Bekanntschaft mit einer Klapperschlange gemacht. Gott sei Dank ist dieser Pferdetrainer Luc Asher über den Hügel geritten gekommen – auf der Jagd nach einem entlaufenen Bullen. Er hat mich wie angewurzelt da stehen sehen, und, meine Güte, er hat sein Gewehr genommen und innerhalb von Sekunden ist die Klapperschlange durch die Luft geflogen. Ich bin den Hügel runter gerannt, und er und sein Pferd haben mich am Zaun eingeholt, da haben wir uns vorgestellt."

Da, sie hatte alles rausbekommen, aber sie sah ein Aufblitzen in Lacys blauen Augen. Augen, die jetzt auf Izzy gerichtet waren. „Das ist großartig!"

„Ja, war es. Denn dann habe ich ein lautes Brüllen gehört und aufgeblickt. Oben auf dem Hügel stand ein riesiger wütender Bulle – der Bulle, der den Cowboy zur Grenze geführt hat, wo er mich gerettet hat."

Lacy streckte die Hand aus und klopfte ihr auf die Schulter. „Willkommen in Mule Hollow. Wir haben Klapperschlangen, Bullen, einen Haufen Kühe, süße kleine Kälber und Samantha, unseren leuteverkuppelnden Esel. Ich bin mir sicher, dass du ihn bald kennenlernen wirst. Und …" Sie hielt inne, und ihre Augen funkelten wie die Sterne am Himmel. „… du hast deinen ersten Cowboy getroffen. Einen echten

Cowboy, der dir den Tag gerettet hat. Wir haben viele davon, falls er nicht der Richtige ist."

Lacys Worte trafen Izzy. Sie hatte viel zu viel gesagt. Sie musste die Botschaft rüberbringen, dass sie auf der Suche nach ihrem neuen Leben war, ihrem Leben, das sie auf die lange Bank geschoben hatte, um sich um ihre Großmütter zu kümmern. Gram und Grammy.

Darüber war sie nie unglücklich gewesen, aber jetzt suchte sie nach dem Leben, das sie wollte. Natürlich würde sie hier anfangen, an dem Ort, den die beiden immer geliebt hatten.

„Ja, ich habe ihn kennengelernt und freue mich, noch mehr von den Cowboys kennenzulernen, aber ich muss dich wissen lassen, mehr will ich nicht. Ich bin nicht hier, um mich zu verlieben."

Lacy lachte, als sie den Caddy anließ, der Motor aufheulte und sie dann den Gang wechselte, alles im Bruchteil einer Sekunde, und dann schossen sie zurück, während sie Izzy ansah. „Ha, mir ging es genauso. Aber wenn Gott einen Plan hat, dann hat er einen Plan. Also, mach dich bereit, nicht ich bin deine Kupplerin, sondern Gott. Ich bin nur diejenige, die gern zusieht und dem, was ich sehe, vielleicht mit einem Stups nachhilft."

Sie saß stumm da, als sie rückwärts aus der Einfahrt rauschten. Lacy legte den Gang ein, und im nächsten Moment schossen sie die Straße hinunter. Sie schnallte sich sofort an, denn, *oh Baby*, Lacy Brown Matlock fuhr in diesem pinkfarbenen Caddy gern Vollgas, und obwohl er schon alt war, machte er alles mit. Ein 1957er Cadillac, der immer noch Feuer unter der Haube hatte, weil ihn offensichtlich jemand in Topform hielt.

Und jetzt hatte sie die Fahrt ihres Lebens, als sie die Straße entlang rasten, während aus dem Radio ein Elvis-Presley-Song dröhnte – „All Shook Up" – und das war sie, in mehr als einer Hinsicht.

Das würde ein Abenteuer werden.

Sie sausten die Straße hinunter, und als sie auf die Hauptstraße einbogen und die Straßen, die mit Eichen und Hügeln gesäumt waren, verließen und auf die lange Gerade fuhren, die in die Stadt führte, lag da in der Ferne Mule Hollow. Genau wie es ihr von ihren Großmüttern erzählt worden war. Toll! Selbst aus der Ferne stach Lacys berühmter flamingopinkfarbener Friseursalon Heavenly Inspirations heraus, als würde er sie rufen, in die Stadt zu kommen. Und er war umgeben von den Regenbogenfarben der anderen Geschäfte auf beiden Straßenseiten.

„Genieße die Fahrt, ich liebe die Strecke. Ich habe immer Freude am Steuer des Caddy gefunden. Wenn ich Probleme habe oder versuche, Gottes weise Worte zu hören, finde ich sie beim Autofahren. Und du?"

Sie lächelte und genoss das Gefühl des Windes in ihrem Gesicht, und ihr wurde klar, dass sie sich in diesen wenigen Minuten entspannt hatte. „Ich fühle, was du sagst. Es ist, als würde die Brise mein Herz und meinen Geist klären." Plötzlich stiegen ihr Tränen in die Augen. „Oh, Lacy, ich spüre gerade, wie meine süßen

Großmütter lächeln."

Lacy strahlte sie an. „Ja, ja, ja, in der Luft und dem blauen Himmel über dir und dem Sonnenlicht, das auf dich herabscheint, liegt viel Kraft. Ich bin so froh, dass du weißt, dass deine Großmütter froh sind, dass du hier bist. Ich verrate dir ein Geheimnis: Nachts, wenn das Mondlicht auf dich scheint, ist es noch stärker. Ich liebe es, nachts zu fahren."

Lacy konzentrierte sich wieder aufs Fahren, aber Izzys Blick war auf die erstaunliche Frau gerichtet. Sie verstand nun die Anziehungskraft dieser Blondine und wusste, wie sie jemandem helfen konnte, zu spüren, was er brauchte. Sie hatte diese Fahrt gebraucht, das Gefühl der Luft auf ihrer Haut und das strahlende Licht der Hoffnung, das sie umgab, während sie alles auf sich wirken ließ.

„Du wirst es lieben, die ganze Bande bei Sam zu treffen. Sie sind alle da und warten auf uns. Ich habe ihnen gesagt, dass du vielleicht müde oder noch nicht bereit bist, aber sie sagten, sie wollen dich treffen, und, ob du kämst oder nicht, sie würden dort warten."

„Ich freue mich darauf, sie kennenzulernen. Meine süße Gram hatte immer das Gefühl, eine von ihnen zu sein. Sie hat es geliebt, von ihren Eskapaden zu hören."

Lacy johlte. „Oh ja, die veranstalten sie! Aber darüber hinaus sorgen sie auch dafür, dass andere interessante Dinge passieren. Sei also auf der Hut, denn sie könnten auch was für dich anzetteln."

Sie lachte bei dem Gedanken. Izzy hoffte, dass dem

nicht der Fall sein würde, da sie nicht auf der Suche nach einer romantischen Eskapade war, aber sie wusste, dass die Idee ihre Gram zum Lächeln brachte. Wahrscheinlich hoffte und betete sie, dass sie eine erlebte – plötzlich schoss ihr das Gesicht des hübschen Luc Asher in den Sinn. Sie verdrängte jeglichen romantischen Gedanken und konzentrierte sich auf die Stadt.

Konzentriert sich auf das gelbe Gebäude gegenüber dem Salon. Dann kam der blaue Laden, der grüne Laden, so viele verschiedene Farben, dass sie das Gefühl hatte, es sei ein bunter Regenbogen, der am Ende der Straße wartete. Sie wusste, dass es sich bei dem einen um einen Süßwarenladen, bei dem anderen um eine Boutique, einen Futtermittelladen, das Büro des Sheriffs, ein Immobilienbüro und einen Laden für Feigenkaktusgelee handelte, den ihre Großmütter unbedingt sehen wollten. Und natürlich *Sam's Diner* – und da war es. Draußen auf dem breiten Bürgersteig gab es ein paar Tische, an denen Popp, wie sie aus ihren Artikeln wusste, gesessen und gearbeitet hatte. Die Stadt war bunt und einladend, und sie lächelte bei dem Anblick.

„Ich habe das Gefühl, als wäre ich schon einmal hier gewesen. Ich habe einfach zugehört, wenn Gram mir ständig die Artikel von ihrem Bett aus vorgelesen hat, und später habe ich sie ihr vorgelesen, als sie nicht mehr die Kraft dazu hatte. Es ist wunderbar."

Lacy hielt in einer Parklücke vor dem Diner. „Ich

liebe es, Geschichten über deine Großmütter zu hören. Sie kannten uns alle von Anfang an, als ich gerade in die Stadt gekommen bin. Jeder ist ein bisschen gealtert, aber Gott sei Dank, wir sind alle noch hier. Wir haben wirklich eine tolle Zeit, und es gibt immer noch viele Cowboys, die Frauen brauchen." Sie grinste. „Und darum dreht sich hier alles."

Izzy versuchte, nicht zuzulassen, was der Blick in Lacys Anspannung in ihr hervorrief. Aber diese tanzenden blauen Augen ließen sich nicht ignorieren. „Ich schätze, wir sollten aussteigen", sagte sie. Sie öffnete ihre Tür und trat auf den Gehsteig.

Lacy stemmte sich hoch und setzte sich auf die Tür, bevor sie heraussprang. „Ja, ja, ja, lass uns reingehen, bevor sie dir entgegenstürmen. Also, jetzt lass deine Großmütter von oben zusehen, wie wir ins Diner gehen und ich dich allen vorstelle."

Sie betraten beide den Gehweg aus Holzplanken. Auf dem Schild stand „Sam's Diner", und sie grinste, als Lacy die Tür öffnete und eintrat.

Wow. Einfach wow, es war zwar alt, aber umwerfend. Bisher war alles umwerfend gewesen. Und als sich die Tür öffnete, konnte sie die Jukebox spielen und den Sänger Jerry Lee Lewis hören, der „Great Balls of Fire" sang … als hätte ihre Großmutter den Song ausgewählt, und sie hoffte plötzlich, dass sie nicht in Schwierigkeiten geraten würde.

Andererseits könnte das ihre Großmutter vielleicht zum Lachen bringen.

KAPITEL VEIR

Die Wände waren aus altem, grobem Holz. Es war alt und wunderbar und schien Hallo zu sagen.

Drei Frauen saßen in einer Nische an der Wand und winkten – sie erkannte sie sofort. Adela Ledbetter Green, mit ihrem kurzen weißen Haar, das exquisit geschnitten um die Ränder ihres zierlichen Gesichts fiel. Neben ihr winkte eine grinsende Esther Mae Wilcox mit ihren rot gefärbten Haaren. Ihre Augen so strahlend wie ihr Haar und ihr Lächeln. Und dann war da auf der gegenüberliegenden Seite des Tischs die massige, in eine Latzhose gekleidete Norma Sue Jenkins. Sie war fast die Erste, die aus der Nische hüpfte, aber in diesem Moment kam der kleine o-beinige Cowboy Sam aus den Schwingtüren der Küche. Es war unverkennbar, wer jeder war, denn ihre Großmütter hatten sie beschrieben und ihr Bilder von allen gezeigt, die es im Laufe der Jahre in Zeitungs- oder Zeitschriftenartikel geschafft hatten. Ihre Großmütter hatten sie alle aufbewahrt.

Sie sah sich im Raum um und entdeckte die beiden Damespieler, die am Fenster saßen und ihre Blicke auf sie gerichtet hatten. Applegate Thornton und Stanley Orr, und sie brauchte keine Vorstellungen, um zu wissen, wer wer war. Ihre Gram hatte immer gelächelt, wenn sie über die beiden älteren Männer gesprochen hatte.

Applegate war spindeldürr, groß und hatte ein Gesicht voller Falten, und Augen, die sich unter seinen buschigen Brauen verbargen. Dann war da noch Stanley Orr, etwas schwerer, ein sanfterer Ausdruck in seinem runden Gesicht mit freundlichen Augen, als beide sie anstarrten.

„Freut mich, dass Sie hier sind", grunzte Applegate und klang nicht erfreut, aber sie wusste, dass er seine Gefühle hinter seinem Knurren und seinen buschigen Augenbrauen verbarg.

„Und wie", mischte sich Stanley mit leuchtenden Augen ein. „Setzen Sie sich irgendwann zu uns und spielen Sie Dame. Aber jetzt lassen wir Sie in Ruhe, denn die Ladys da drüben haben auf diesen Moment gewartet und freuen sich schon auf Sie", schloss Stanley, blickte zurück auf das Damebrett, grinste und ließ seinen roten Stein über Apps schwarzen Stein hüpfen.

Applegate brummte: „Das nimmst du zurück. Ich bin dran."

Sie hätte fast laut gelacht über das Gezanke der beiden, das Gram geliebt hatte.

Lacy beugte sich vor. „Sie haben sich nicht verändert."

Sam war jetzt bei ihnen, er sah zu ihr auf – er musste nicht zu weit nach oben blicken, weil sie auch klein war. „Hallo, meine Liebe. Alles klar, Sie haben Applegate und Stanley kennengelernt, und eines Tages kommen Sie vielleicht vorbei und spielen mit ihnen, um sie vor eine Herausforderung zu stellen. Aber im Moment muss ich Ihnen sagen, dass meine liebe Adela und ihre beiden Freundinnen es kaum erwarten können, Sie kennenzulernen, seit Lacy ihnen erzählt hat, dass sie Sie eingestellt hat. Aber", er beugte sich vor, „ich muss Sie ehrlich warnen, dass es nichts damit zu tun hat, dass Sie kommen, um im Salon zu helfen. Es spielen noch andere Dinge eine Rolle, und wenn Sie von Mule Hollow gehört haben, wissen Sie genau, wovor ich Sie warne." Er streckte seine Hand aus.

Oh mein Gott, sie starrte auf diese Hand, sie hatte von seinem berühmten Händedruck gehört und versuchte sich vorzubereiten, als sie sie ergriff. Seine große, raue Hand schloss sich um ihre in einem Händedruck, wie sie ihn noch nie erlebt hatte. Er war fest und schüttelte ihre Hand so kräftig auf und ab, als wollte er ihren ganzen Körper hochheben und auf den Boden schlagen. Meine Güte – „Great Balls of Fire" –, das Lied dröhnte laut und deutlich aus der Jukebox, und Gott sei Dank schrie sie nicht.

Der Mann hatte sich nicht verändert, seit Molly ihn zum ersten Mal in ihrem Zeitungsartikel beschrieben hatte. Grammy hatte gesagt, der Händedruck sei legendär. Dass Sam einen Griff hatte, der einen in die Knie zwingen konnte, wenn man ihn wütend machte. Gott sei Dank hatte sie ihn nicht wütend gemacht und hatte es auch nicht vor. Aber ihr Blick schoss sofort zu den Frauen, die alle lächelten, weil sie offensichtlich Spaß daran hatten, zuzusehen, wie Neulinge von Sam geschüttelt wurden.

Schließlich ließ Sam ihre Hand los, als wäre nichts passiert, grinste und sagte: „Willkommen in Mule Hollow. Jetzt folgen Sie mir.”

Mule Hollow ist der richtige Ort ... sangen ihre Grammys in ihrem Kopf, als sie dem kleinen Supermann Sam zum Tisch folgte.

Plötzlich wurde ihr klar, dass sie wusste, warum sie hier war, aber sie hatte keine Ahnung, was auf sie zukam.

Und das machte sie plötzlich nervös.

Mit seiner neuen Nachbarin im Kopf fuhr Luc zu Clint Matlocks Ranch. Das jährliche Rodeo-Event der Stadt sollte Ende der Woche stattfinden, und sie waren dabei, die Details auszuarbeiten. Es war nicht so, dass er einer der langjährigen Freunde war, die bei dem Treffen dabei sein würden. Aber er sprang ein, bis sein Freund Pace aus Australien zurückkam. Luc war Pace' Stellvertreter und bemühte sich, sich einzufügen.

Er mochte alle. Clint Matlock war ein großartiger

Cowboy – ein Ranchbesitzer, der sein Geschäft verstand und eine fantastische, bekannte Ranch betrieb. Bob Jacobs hatte eine Ranch, die er vor ein paar Jahren angefangen hatte, und der Betrieb des großen Mannes lief gut. Den meisten Viehzüchtern in der Stadt ging es gut, ebenso wie den Cowboys, die auf den riesigen Ranches rund um die kleine Stadt arbeiteten.

Diese Cowboys kannten ihr Geschäft, und was sie nicht wussten, lernten sie von ihren Freunden. Pace hatte ihm genau das gesagt, aber das eine, was Luc aus seiner Lebenserfahrung gelernt hatte, war, dass man sich seine eigene Meinung über Menschen bilden musste, ob gut oder schlecht. Man musste seine Barrieren aufbauen, um festzulegen, wen man hereinließ und wen man aussperrte. Im Sattel eines bockenden Bullen zu sitzen, war eine Herausforderung, die er nicht mehr annahm. Er bestimmte sein Leben und hatte nicht vor, es noch einmal einem Stier oder irgendetwas anderem zu überlassen.

Sein Schmerz aus der Vergangenheit hielt weiter an, und obwohl er nach Idaho gegangen war und sich lange Zeit dort versteckt hatte, ließ er ihn immer noch nicht los. Und das würde auch immer so bleiben. Er musste einfach einen neuen Weg finden, damit umzugehen.

Pace hatte ihm seine Hilfe angeboten. Er hatte Pace auf der riesigen Ranch in Idaho getroffen, ein Jahr, bevor Pace die Ranch der Einsamkeit verlassen hatte. Er hatte den Herrn als seinen Retter angenommen und verspürte den Drang, die Isolation zu verlassen und wieder unter Menschen zu sein. Sich unter die Leute zu mischen und sich nicht mehr in der Abgeschiedenheit des weiten Landes, auf dem sie arbeiteten, zu verkriechen. Der Einzelgänger war Gottes Führung gefolgt und gegangen.

Auf der Ranch hatten sie den schlimmsten Teil des Winters auf einem Teil des Grundstücks eingeigelt verbracht, ein Cowboy und eine Rinderherde, für die er verantwortlich war, vollkommen isoliert. Ein Cowboy mit einer Satteltasche voller Medizin für Notfälle, um die er sich kümmern musste, und einem Lagerfeuer, an dem er allein saß, wenn das Wetter es erlaubte.

Aus irgendeinem Grund hatte Pace ihn mindestens zweimal im Jahr angerufen, um nach ihm zu hören, und er hatten ihn jedes Mal nach Mule Hollow eingeladen. Dann hatte sich dieses letzte Mal etwas in ihm geweigert, Nein zu sagen. Es war, als hätte sich in ihm ein Hebel umgelegt, der das Wort „Nein" nicht erlaubte.

Hier war er also, aber wie Pace ihm gesagt hatte, war es Zeit für einen Neuanfang. Zeit, die Vergangenheit hinter sich zu lassen und ein neues Leben zu finden.

So, wie er es getan hatte.

Nicht genau das, wonach Luc suchte. Er suchte nicht nach einer anderen Frau in seinem Leben. Er hatte aus einer falschen, unangenehmen Erfahrung gelernt, dass es egal war, ob etwas sein Herz berührte, er würde sich nicht wieder auf etwas einlassen.

Nein, nein, das würde nicht passieren. Er war ein Einzelgänger und versteckte sich vielleicht nicht mehr am hinteren Ende einer riesigen Ranch im Hinterland von Idaho, aber das bedeutete nicht, dass er sich auf etwas anderes als die Ausbildung von Pferden einlassen würde.

Sein Herz war verschlossen, egal, wie sehr sich die Gemeinde damit rühmte, Paare zusammenzubringen, auch wenn ihm der Ort gefiel. Mule Hollow war eine faszinierende Gemeinde. Die vielen Frauen und Kinder und die glücklichen Cowboys, mit denen die Frauen verheiratet waren, waren großartig. Die Damespieler in Sam's Diner waren amüsant. Applegate Thornton und Stanley Orr waren lustige Typen, denen man zusehen, zuhören und mit denen man Dame spielen konnte. Diese beiden beobachteten gern jeden, schätzten ihn ein und errieten, wer das nächste Opfer der älteren Damen werden würde.

Sie hatten ihn im Auge, und er wusste es. Aber sie würden enttäuscht werden. Er spielte trotzdem mit ihnen, wenn er Zeit hatte, und wusste, dass sie sich fragten, ob er jemals sein Augenmerk auf eine besondere Frau lenken würde, die in die Stadt kam.

Er lachte innerlich nur darüber. Eines war für ihn sicher: Wenn er sich zu etwas entschloss, änderte nichts daran etwas.

Nichts.

Er hatte gelernt, dass manche Schmerzen nie endeten und dass er sich das nie wieder antun würde.

Er schaltete den Kopf ab, als er die lange Auffahrt von Clint Matlocks Ranch entlangfuhr; er hatte sie von seinem Vater geerbt, aber schon in jungen Jahren beim Aufbau mitgeholfen. Es war eine landesweit bekannte Ranch. Er sah den Truck von Zane Cantrell, der mit der Feigenkaktusgelee-Herstellerin Rose verheiratet war – die Dame und ihr Sohn Max machten aus einem blühenden Kaktus tolles Gelee. Dann war da noch der von Dan Dawson, verheiratet mit der Boutiquebesitzerin Ashby. Dann Cort Wells, ein großartiger Pferdetrainer, der Pferde auf der ganzen Welt zuritt und mit Lilly verheiratet war – der Besitzerin des sehr beliebten Esels Samantha. Der dicke kleine Esel war bei den Veranstaltungen in der Stadt fast genauso ein Anziehungspunkt wie die alleinstehenden Cowboys – er nicht mitgerechnet. Er konzentrierte sich auf das, was er tat, und heute half er bei der Planung eines Rodeos.

Er kam als Letzter an, also stellte er den Motor ab, sprang aus dem Truck und machte sich auf den Weg zur Scheune. Drinnen fand er alle in der Nähe einer Box stehen. Und es gab ein brandneues Hengstfohlen.

„Er sieht gut aus", sagte er und meinte es so. Es war offensichtlich, dass der kleine Kerl aus einer großartigen Familie stammte.

Cort Wells streckte ihm zur Begrüßung die Hand entgegen. „Ich freue mich, dass du kommen konntest." Sie schüttelten einander die Hände und dann stemmten beide ihre Hände wieder in die Hüften. „Du wirst Spaß haben. Wir alle …" Er grinste und sah sich in der Gruppe um. „Wir fragen uns alle, wie du reagieren wirst, wenn die Kupplerinnen dich aufs Korn nehmen. Wir werden zusehen, und wenn du Hilfe brauchst, sag es einfach. Wir haben alle Probleme gehabt und irgendwann unseren Weg gefunden, und du wirst es auch tun."

Bob neigte den Kopf und verschränkte die Arme. „Und wenn du wie ich bist, versuchen sie manchmal, dich mit der Falschen zusammenzubringen. Ihr erster Versuch ist nicht immer richtig. Denk nicht, dass die Ladys, nur weil sie ein Auge auf dich geworfen haben, beim ersten Mal die Richtige auswählen werden."

Die Jungs grinsten alle. Er runzelte die Stirn. „Ihr benehmt euch alle wie Applegate, Stanley und Sam – auch wenn Sam eher schweigsam ist. Doch dieser Mann sieht alles. Aber App und Stanley machen es öffentlich, während ich mit ihnen Dame gespielt habe, und sie haben mir gesagt, dass ich bald dran sein werde. Ich habe nicht vor, mich verkuppeln zu lassen."

Clint sah ihn an. „Nun, Cowboy, manchmal ist es egal, was du willst oder suchst. Wenn sie sich auf dich eingeschossen haben, ist es schwer, davonzukommen. Aber bis die richtige Frau kommt, hilft es niemandem. Lassen wir also das Thema der nächsten Cowboy-Romanze und das Nicht-bereit-für-die-Liebe-Gerede, denn das haben wir alle schon erlebt, gespürt, und wir wissen, dass sich alles zu unserem Besten entwickelt hat. Konzentrieren wir uns also darauf, warum wir hier sind."

Das war verrückt. Sie grinsten alle und sahen ihn wissend an.

„Warte", sagte Deputy Zane Cantrell. „Sogar dein Kumpel Pace würde dir sagen, dass man manchmal einfach zulassen muss, dass Dinge passieren. Wenn die Richtige kommt, fühlt es sich vielleicht nicht immer gleich richtig an oder das Timing passt nicht. Aber die perfekte Frau – wenn es so sein soll, würde ich sie mir nicht entgehen lassen."

„Ich bin froh, dass ich euch alle zur Unterhaltung dienen werde, aber es tut mir leid, euch sagen zu müssen, dass die Unterhaltung nur begrenzt sein wird. Kommen wir nun, wie Clint gesagt hat, zu dem Grund zurück, warum wir hier sind – dem Rodeo. Ich war noch nie da, also erzählt mir bitte davon. Was ist das Beste, das ihr seit Beginn erlebt habt?"

Dan lachte sofort. „Nun, wir haben dieses Jahr das Schweinetreiben – mit gefetteten Schweinen. Sie machen es nicht immer, aber die Frauen sind in der Regel diejenigen, die einige Dinge verlangen, und im ersten Jahr, in dem es passiert ist, habe ich auf meine Ashby geachtet – sie war damals noch nicht meine –, aber die Mädels haben sie da rausgebracht, und sie hat versucht, ein eingefettetes Schwein zu fangen, und es hat wirklich Spaß gemacht, dabei zuzusehen. Natürlich war damals noch nichts zwischen uns, aber wenn ich zurückblicke, wie ich das Stadtmädchen da draußen beobachtet habe, das versucht hat, dieses wildgewordene, rennende, eingefettete Schwein zu fangen, muss ich immer noch darüber lachen. Also machen wir es wieder, und wer weiß, vielleicht siehst du da draußen jemanden, der versucht, ein wild durch die Gegend laufendes, eingefettetes Schwein zu fangen, und ehe du dich versiehst, hast du dein Happy End."

Whoa – was war los mit diesen Typen? Er zwang sich zu einem Lächeln. „Das klingt zwar nach einem unterhaltsamen Moment, aber bei mir wird das nichts." Trotz allem entfuhr ihm ein kurzes Lachen, als er sich die Frauen vorstellte, die versuchten, ein eingefettetes Schwein zu fangen. „Das macht ihr mit Ferkeln, oder?", fragte er.

„Ja, schnelle kleine Biester", sagte Bob.

„Okay, es klingt wirklich unterhaltsam."

„Du wirst es sehen", sagte Clint und klopfte ihm auf die Schulter, „das wirst du hier in unserer kleinen Stadt oft hören. Also lasst uns jetzt anfangen, damit wir alles für dieses Wochenende bereit haben."

Und so begann das Treffen. Sie folgten Clint in sein Büro. Nach allem, was Luc gehört hatte, hatte er das Büro für Treffen mit seinen Ranchhelfern und Ähnliches eingerichtet. Aber er erledigte hier auch seine Büroarbeiten. Es war schön, etwas, das ein lohnenswertes Ziel sein könnte … ein Zuhause, das er sein Eigen nennen konnte, einen Betrieb und eine Familie – er verdrängte diesen Gedanken. NEIN.

Er sah sich um. Er war Pferdetrainer, jemand der mit Vieh arbeitete. Er kümmerte sich um die Tiere und versorgte sie, während er mitten auf einer riesigen, eingeschneiten Ranch unterwegs war und seine Arbeit verrichtete.

Er war gut in dem, was er tat, aber das Beste, was er konnte, war, ein Pferd auf gute Weise zuzureiten. Er hatte sie nie geschlagen, Sporen benutzt oder eine Peitsche. Er benutzte einfach seine Hände, das Halfter, seinen Führungsstrick und eine lange Stange, um sie zu dirigieren und sie mit einer Berührung zu führen. Es war etwas Magisches, und er liebte es – ja, er liebte es, die Kontrolle zu haben.

Friedliche Kontrolle.

So ritt er seine Pferde zu. Und so würde er sein Leben führen.

Als er sich hinsetzte und den anderen zuhörte, während sie über das Rodeo und die lustigen Wettkämpfe sprachen, die sie für all die Leute vorbereiteten, die von überall her kommen würden, um sich hier selbst ein Bild von der kleinen Stadt Mule Hollow zu machen, war er fasziniert.

Aber als er dort saß, wanderten seine verrückten Gedanken zurück zu dieser lächelnden Frau. Izzy Cranberry, was für ein Name, aber sie war faszinierend ... er verdrängte diesen Gedanken. Er war nicht auf der Suche nach etwas Faszinierendem oder etwas Ähnlichem wie diesem Büro, dieser Ranch – er wollte nichts, was ihn zurückhalten würde. Nichts, was ihm jemals wieder Kummer bereiten würde.

Und dass ihm dieser Gedanke kam, nachdem er an

Izzy gedacht hatte, war verwirrend.

Es war eine gute Morgenbesprechung gewesen, aber als er von der Ranch wegfuhr, machte er sich auf den Weg in die Stadt, anstatt nach Hause zu fahren. Es war Zeit zum Mittagessen, und ein Mittagessen bei Sam war jetzt genau das Richtige.

Heute Nachmittag würde er wieder mit seinen Pferden arbeiten. Und er musste nach einem Bullen sehen. Er hatte den Zaun repariert, aber das war ein widerspenstiger Bulle, und wenn es sein musste, würde er ihn in einen Paddock stecken und mit ihm arbeiten, wie er es mit seinen Pferden tat. Zähmen war das A und O, selbst für einen Bullen.

Aber er selbst, nein, das würde nicht passieren.

KAPITEL FÜNF

„Du bist das süßeste Ding. Ich kann es kaum erwarten, dass du an meinen Haaren arbeitest", sagte Esther Mae, als Izzy sich auf den Stuhl setzte, den die lächelnde Frau für sie an den Tisch herangezogen hatte.

„Ich freue mich darauf. Im Moment sieht es gut aus, offensichtlich mögen Sie es ein bisschen toupiert."

Lacy kicherte. „Ja, tut sie. Aber nicht annähernd so wie damals, als ich in die Stadt gekommen bin."

Esther Mae tätschelte ihr leicht toupiertes Haar. „Nun, wie Lacy gesagt hat, als sie hergekommen ist, sahen meine Haare aus wie ein Turm aus glühenden Kohlen oder – wie sie hier früher gesagt haben – Red Velvet Eiscreme. Ich fand, dass ich großartig aussehe, aber Lacy hat gesagt, sie könne mir einen neuen Look geben, und ich war einverstanden. Ich liebe Veränderungen – im Gegensatz zu Norma Sue."

Norma Sue schlug ihre Hand weg. „Fang gar nicht

erst an. Meine Haare haben toll ausgesehen, nachdem Lacy sie gemacht hat, und ich stehe einfach nicht auf so viel Locken. Ich habe selbst Locken, dafür ist kein Werkzeug nötig, es ist einfach buschig. Aber seit Lacy mir dieses magische Öl in der Flasche verkauft hat, das ich mit den Händen in meine Haare knete, stehen sie nicht mehr wild in alle Richtungen, und ich habe Glanz." Sie grinste mit einem breiten Lächeln, das sich über ihre runden Wangen ausbreitete und wie ein Sonnenstrahl aussah.

„Ja, das sieht gut aus. Es steht Ihnen perfekt." Es war wahr. Die Rancherin trug ihre Haare und die rote Latzhose wie ein Model für eine Zeitschrift für Bauern und Viehzüchter.

Grinsend fügte Lacy hinzu: „Ja, ich habe versucht, Norma Sue einen neuen Look zu geben, aber du wirst bald feststellen, dass ihr natürliches Aussehen genau das ist, was zu dieser resoluten Lady passt. Sie ist wie ich, sie ist, wer sie ist, und daran wird sich nichts ändern."

„Das ist sicher – resolut ist das richtige Wort", platzte Esther Mae heraus, und alle lachten.

„Und sie ist stolz darauf", sagte Norma Sue gedehnt, und das breite Grinsen huschte wieder über ihr Gesicht.

„Sie sind *beide* auf ihre Art Juwelen", sagte Adela sanft. „Jeder braucht ein bisschen Eigensinn. Jede von uns hat ihre eigene Art, Dinge zu tun, denn Gott wirkt auf mysteriöse Weise und nutzt jede von uns, wenn wir es zulassen."

Diese Lady war ein Juwel, das stand fest. „Sie haben recht. Aber ich muss sagen, Ihre Haare passen perfekt zu Ihnen."

„Ja, ihre Haare sind perfekt, und sie ist es auch", jubelte Esther Mae.

„Ich bin nicht perfekt", sagte Adela bestimmt. „Ich bin nur –"

„So dicht dran, wie man nur sein kann", sagte Norma Sue. „Wir lieben sie trotz dieser Perfektion. Sie führt uns in Zeiten, in denen ich mich von der sprunghaften Esther Mae aus der Bahn bringen lasse."

Es folgte Gelächter.

Die Rothaarige verdrehte die Augen. „Ich lasse mich mitreißen, verwechsele Wörter und liebe es, Paare zusammenzubringen. Ich bin manchmal ein bisschen vorschnell. Aber dieses Mädchen", sie zeigte auf Norma Sue, „sie liebt es." Sie zwinkerte Izzy zu, und Izzy kicherte.

Izzy drückte ihre Hand aufs Herz. „Meine Großmütter haben das geliebt. Nur weiter."

„Diese beiden *sind* unterhaltsam", sagte Adela lächelnd. „Sie lieben es, Leuten dabei zu helfen, eine Veränderung in ihrem Leben anzustoßen. Gott kann uns alle gebrauchen, sogar sie mit ihren Possen. Und Sie, Izzy Cranberry, werden auch hier zum Einsatz kommen." Ihre funkelnden blauen Augen hielten Izzys Blick fest.

Sie hätte es fast geglaubt. „Ich weiß, dass ich Menschen helfen kann, sich besser zu fühlen, wenn ich ihnen die Haare frisiere. Ich liebe es."

„Ja", fuhr Adela fort. „Aber wie Lacy haben auch Sie eine Mission."

Eine Mission – wirklich? „Na ja, ich bin hier, um den Herzenswunsch meiner Großmütter auszuleben."

„Ja, aber ich habe das tiefe Gefühl, dass Sie auch wegen etwas anderem hier sind. Und ich weiß, dass Gott Sie schon gebraucht, um Lacy zu helfen, mehr Zeit mit ihren Kindern zu verbringen."

Sie lächelte erleichtert und wusste, dass alle Leute im Raum ihre Augen auf sie gerichtet hatten. „Ja, ich bin wegen meiner Großmütter hier. Sie sind leider beide gestorben, bevor sie herkommen konnten. Sie haben Sie alle so sehr geliebt. Und Mollys Artikel haben ihnen bis zum Schluss Freude bereitet. Adela, Sie haben eine Freude an Ihrem Glauben, die meine Gram geliebt hat. Und Esther Mae, sie waren beide der Meinung, dass sie die lustigste Frau sind, die sie je gekannt haben. Molly weiß, wie man einen Artikel schreibt, als würde er von den Seiten springen. Es war einfach eine Freude, über Ihre Kuppeleien zu lesen, und was danebengegangen ist, war urkomisch. Und Norma Sue, Sie sind eine toughe Lady – die Worte meiner Grammy." Ein Lächeln breitete sich aus. „Sie war ans Bett gefesselt, aber sie hat so sehr gelacht, dass sie mit den Händen auf die Matratze geschlagen hat. Ich wusste immer, dass es der Artikel sein musste, und habe gefragt: ‚Okay, was haben Norma Sue oder Esther Mae wieder angestellt?"

Izzys Herz zog sich zusammen, als sie an diese

wunderbaren Momente dachte. Und jetzt durfte sie die Frauen persönlich kennenlernen. Alle lachten, und ihr Herz war bis zum Äußersten gefüllt – es war kurz davor zu explodieren, und die Worte stockten, als die Emotionen in ihr tobten.

„Molly schreibt großartig", sagte Lacy mit einem breiten Lächeln und ließ ihr einen Moment Zeit. „Deine Großmütter hätten alle drei hier geliebt. An dem Tag, als ich auf meiner Mission in die Stadt gefahren bin, wusste ich, dass Gott mich hierher geschickt hat. Und das alles wegen der Anzeige, die diese drei in der Zeitung geschaltet hatten. Ich habe mich ihnen angeschlossen und siehe den Segen, den ich erlebt habe. Wir verbringen viele Stunden hier in Sam's Diner. Sam ist auch wunderbar, und diese beiden Damespieler haben ihr Talent. Dieser Ort, dieses Diner, ist fast genauso wie an dem Tag, als ich hier angekommen bin. Es sind einfach mehr Leute da – was gut ist. Aber die Jukebox hat immer noch ihren eigenen Kopf, etwas, an das wir uns alle gewöhnt haben und das wir lieben – auch wenn sie manchmal nervt. Aber es ist wie im Leben, manchmal kann man es einfach nicht ändern. Man muss nur das Beste daraus machen."

Während sie dort saß, wurde ihr bewusst, dass sie froh war, gekommen zu sein, nachdem sie ihre süßen Großmütter verloren hatte, und dass sie jetzt das Beste daraus machte.

Ihre Gedanken kehrten zum frühen Morgen und der Klapperschlange zurück, die ihren Kopf hob und zum

Angriff bereit war. Heute hätte ein schrecklicher Tag werden können. Doch dann war der Cowboy oben auf dem Hügel ihrem entsetzten Blick begegnet, hatte sein Gewehr gehoben und auf die Klapperschlange geschossen.

Warum ihre Gedanken dorthin wanderten, konnte sie nicht sagen, aber jetzt war ihr klar, dass man nie wissen konnte, was das Leben auf einen werfen würde. Man musste einfach manchmal seine Perspektive und seine Herangehensweise ändern und sehen, wohin es einen führte.

Sie war hier, um zu sehen, was ihre Großmütter verpasst hatten, würde sich aber auf niemanden einlassen. Auch wenn dieser Cowboy immer wieder an die Tür ihres Verstandes klopfte.

In diesem Moment öffnete sich die Tür des Diners, und wer auch immer es war schenkte den Frauen, die die Vordertür sehen konnten, ein Lächeln. Sie konnte an ihren Mienen erkennen, dass jemand Interessantes das Diner betreten hatte.

Norma Sue sah sie an und grinste. „Also, das ist ein Cowboy, und du hast gesagt, er hat dich heute Morgen gerettet."

Ihr Magen drehte sich sofort um. Luc hatte das Diner betreten.

Oh Himmel, was jetzt? Ihr Herz raste plötzlich, sie rutschte auf ihrem Platz hin und her und spähte über ihre Schulter. Sam winkte dem Cowboy zu, der seinen Hut abgenommen hatte und sein welliges schwarzes Haar blitzen ließ – wow, diese meergrünen Augen waren auf sie gerichtet, als er Sam folgte, der ihn zum Tisch direkt neben ihnen führte.

Sein Blick fiel auf sie, und sie kam sich vor wie ein Fisch, der an einem Haken gefangen war und am Ufer herumzappelte, um ins Wasser zurückzukehren. Meine Güte – und als ob alle wüssten, was ihr durch den Kopf ging, hatte jemand einen Quarter in die Jukebox gesteckt, und Jerry Lee Lewis begann genau dieses Lied zu singen. *Goodness gracious, great balls of fire*. Eben diese Feuerbälle schlugen in ihr Herz, als er seinen Blick von ihrem löste, als hätte er die Elektrizität auch gespürt. Etwas sagte ihr, dass er genauso wenig nach dieser Verbindung suchte.

„Hey, Luc", sagte Lacy. „Wie war das Treffen auf der Ranch?"

Er nahm so an seinem Tisch Platz, dass er einen Blick auf sie hatte – wahrscheinlich, um die Frage beantworten zu können. Nicht, damit er sie ansehen konnte. Sich mit dem Rücken zu ihnen zu setzen, wäre unhöflich gewesen, und egal, wie sehr sie sich gewünscht hätte, dass er ihnen seinen muskulösen Rücken zugewandt hätte, er sah sie direkt an.

Er hängte seinen Hut an den Stuhl neben sich. „Es war gut. Wir haben alles für das Rodeo an diesem Wochenende geklärt. Das ist mein erstes, also haben sie mir erklärt, was da abgeht. Wie das Fangen eingefetteter Ferkel."

Der ganze Raum brach in Gelächter aus. Norma

Sue schlug mit der Hand auf den Tisch und ließ alle Gläser erzittern.

Esther Mae johlte. „Das erste Mal, als wir das hatten, werde ich nie vergessen. Die süße Ashby, die noch nie zuvor hier gewesen war und kaum jemals Jeans trug, weil sie immer so adrett gekleidet war, hat mitgemacht, weil wir sie dazu gedrängt haben. Es ist etwas, das ich nie vergessen werde. Natürlich hat sich Ashby inzwischen an uns angepasst, aber sie ist immer noch ein schickes Mädchen, und mit diesem kleinen Ferkel hat alles erst angefangen."

Luc lächelte und, oh, was war das für ein Lächeln! „Ich muss sagen, nach dem, was Dan gesagt hat, schien es, als hätte er eine Menge Spaß gehabt, und es muss geklappt haben, da die beiden ja jetzt verheiratet sind. Er ist ein glücklicher Cowboy."

„Ja, ja, ja", trällerte Lacy. „So, wie Gott alles regelt. Die beiden haben einander gefunden. Es war ein holpriger Weg, der mit einem eingefetteten Ferkel begonnen hat. Man kann nie wissen."

Lacy stieß Izzy an, ihr Blick war immer noch auf Luc gerichtet, und jetzt begegnete sie Lacys Blick. „Was?"

„Das musst du tun. Jede Frau muss ein Ferkel fangen. Es macht Spaß, und wir bereiten dich mit Stiefeln, Jeans und einem dicken Hemd darauf vor. Anders als Ashby wirst du zumindest vorher ein bisschen was darüber wissen."

Lacy sah zu Luc hinüber. „Weißt du zufällig, wie

man jemandem beibringt, ein eingefettetes Ferkel zu fangen? Du bist einer der besten Pferdeflüsterer überhaupt, das hat uns Pace erzählt. Der beste."

Seine Miene war geschockt. Nicht, weil sie gesagt hatte, dass er ein Weltklasse-Pferdetrainer war, um Pace' Worte zu verwenden, sondern wegen des Schocks über die Frage, ob er ihr helfen könnte.

Das war verrückt. „Nein. Das mache ich nicht, und ich brauche auch niemanden, der mir das beibringt", sagte sie, und ihre Augen wurden schmal, als sie zu ihm zurückschossen.

Seine Augen flackerten wie eine Flamme. „Warum, bist du zu feige dazu? Du warst diejenige, die heute Morgen in Shorts den Hügel hochgekommen ist, ohne an Klapperschlangen zu denken. Jetzt ist die Rede von einem harmlosen, eingefetteten Ferkel. Es wird nicht ansatzweise so furchteinflößend oder gefährlich sein, wie das Treffen mit der Klapperschlange …"

Wie konnte er es wagen? „Wenn ich etwas nicht machen will, werde ich es nicht machen. Und nichts kann so schlimm sein wie die Begegnung mit dieser Klapperschlange."

„Dann machst du es!", rief Esther Mae und klatschte in die Hände. „Du wirst es lieben. Ich liebe es, zuzusehen – obwohl ich heutzutage nicht mehr mitmachen würde. Aber ich schaue es mir gern an, wie alle anderen auch. Ich wette, du könntest eines dieser glitschigen kleinen Viecher mit oder ohne Hilfe fangen. Du bist ein toughes kleines Ding, denke ich."

Sie saß wie erstarrt da, während ihr Blick über die erwartungsvollen Gesichter der Gruppe um sie herum flog. Ihr Blick blieb an seinem hängen. Plötzlich spürte sie, wie ihre Großmütter oben im Himmel lachten.

Gram hatte es geliebt, über die Ferkeljagd zu lesen.

Sie seufzte. Deshalb war sie hier. „Okay, ich bin hergekommen, weil ich das machen will, was meine Großmütter tun wollten. Und beide haben es geliebt, über die Ferkeljagd zu lesen. Die Botschaft vom Himmel ist also, dass ich das für sie tun muss. Ich bin dabei."

Der ganze Gastraum, einschließlich Sam, Applegate und Stanley, geriet in Aufruhr.

Wie hatte sie das gemacht?

Sie hatte zugesagt, ohne darüber nachzudenken. Diese Frauen versuchten, jeden letzten Single zu verkuppeln – plötzlich wurde ihr klar, dass sie und der Cowboy, der sie mit ernsten, erschrockenen Augen anstarrte, sehr wohl ihre nächsten Ziele sein könnten.

Meine Güte, sie war direkt ins offene Messer gerannt!

KAPITEL SECHS

Luc wachte gegen fünf Uhr auf, hatte aber kaum geschlafen, da seine Gedanken bei dem Vorfall gestern im Diner hängengeblieben waren. Er stand auf und zog sich an, in der Absicht, zu arbeiten – aber sein Verstand war auch nicht bei den Pferden.

Er konnte nur an Izzy denken und daran, dass die Frauen wollten, dass er ihr beibrachte, wie man ein eingefettetes Ferkel fing … es war lächerlich. Er konnte niemandem beibringen, wie man ein eingefettetes Ferkel fing. Er selbst hatte es nie getan.

Als er auf der dunklen Veranda stand und die Sonne gerade begann, hinter den Bäumen emporzuklettern, beschloss er, in die Stadt zu fahren. Sam's Diner würde gerade aufmachen, und die Frauen würden noch nicht da sein. So früh waren sie nie da. Aber App und Stanley würden ihn mit einem Grinsen erwarten. Er wusste, dass sie alles genossen hatten, was passiert war, und sich fragten, ob er in ihre Falle tappen würde.

Nein, würde er nicht.

Aber er wollte ihnen und Sam etwas sagen. Sie lebten schon viel länger in Mule Hollow als er und konnten ihm vielleicht einen Rat geben, wie er aus dieser Zwangslage herauskommen könnte.

Er erreichte das Diner, und Gott sei Dank war seine Nachbarin noch zu Hause, und er musste sich keine Sorgen machen, ihr über den Weg zu laufen. Lacy öffnete ihren Salon erst um neun, sodass er vermeiden konnte, seiner Nachbarin zu begegnen. Ihr Name war Izzy, er konnte sie nicht ständig *seine Nachbarin* nennen. Er musste jetzt dauernd daran denken, dass er sie auf der Straße treffen könnte, wenn sie kamen oder gingen. Der Gedanke beunruhigte ihn. Warum? Sie wohnte einfach da, und er war ihr schon einmal begegnet, warum war es jetzt anders?

Er bog in die Parklücke ein und sah App und Stanley im Fenster, als er ausstieg.

Er ging zum Tisch neben den beiden und war froh, dass zu dieser frühen Stunde kaum jemand hier war.

Sam schnappte sich grinsend eine Tasse und eine Kanne Kaffee. „Guten Morgen, Cowboy. Dachte ich mir doch, dass du heute Morgen früh da sein würdest. Du hast Fragen, nicht wahr?"

Die beiden alten Damespieler grinsten, während sie zusahen, und warteten, als Sam ihm eine Tasse Kaffee einschenkte.

Er starrte sie alle an. „Also, ich war gestern zum Mittagessen hier und hatte das Gefühl, als hätte mich die

Kupplerclique reingelegt, und ihr drei habt geholfen."

Applegate zog eine buschige Braue hoch. „Na ja, dafür sind wir hier: Unterhaltung. Als du in der Stadt angekommen bist, haben wir dir doch gesagt, dass du auch bald dran bist. Wir wussten einfach nicht mit wem. Aber jetzt wissen wir es. Ich sage dir, als wir gehört haben, dass Lacy das Haus vermietet hatte, hatten wir das Gefühl, du würdest das nächste Ziel werden. Schau nicht so geschockt, das liegt daran, dass im Moment da draußen nur du und Izzy auf dieser Straße unterwegs seid. Sheri und Pace sind in Australien. Ein bisschen wie damals, als Pace und Sheri die Einzigen waren, als er gerade in die Stadt gekommen ist. Wie auch immer, ich sage nicht, dass ihr perfekt zusammenpasst, aber es macht Spaß, es anzusehen."

Er hatte App noch nie so viel reden gehört.

Stanley grinste. „Wie mein Kumpel schon sagte, es macht Spaß zu sehen, wie alle versuchen, den drei alten Kupplerinnen zu entkommen. Nun, plus Lacy macht es vier, aber sie allein ist eine Naturgewalt. Wenn Lacy dich aufs Korn genommen hat, dann stehst du auf wackeligem Boden. Das ist es, was du wissen wolltest, oder?"

„Ja, das ist es, was ich mich gefragt habe, weil ich nicht hier bin, um …" Er hielt inne, er wollte nicht Liebe sagen. „Irgendetwas anderes zu tun als meinem Freund zu helfen, während er weg ist. Dann werde ich mir eine Wohnung suchen, aber wenn das so weitergeht, nicht hier."

Sam stellte seine Kanne neben der vollen Kaffeetasse auf den Tisch. „Schau, Cowboy, als du in unsere Stadt gekommen bist, wusstest du, dass sie berühmt ist. Und du wusstest, wofür. Jeder kennt Lacy Brown Matlock, Norma Sue Jenkins, Esther Mae Wilcox und meine süße Adela Ledbetter Green. Jetzt kann ich sie nicht verteidigen, außer zu sagen, dass sie eine Menge großartiger Paare zusammengebracht haben. Außerdem gibt es diesen Frauen etwas zu tun. Tatsache ist, dass sie und ihre Possen diesen sterbenden Ort gerettet haben und es ihnen wirklich Freude bereitet. Sie machen sich einen Spaß daraus. Ganz ehrlich, wenn sich meine Adela einmischt – nun ja, ich muss sagen, dass Gott durch diese Lady spricht – solltest du aufpassen. Ich sage nur, dass du besser vorbereitet sein solltest. Es ist nicht abzusehen, was kommt." Er grinste, drehte sich um und ging zu den Cowboys, die gerade hereingekommen waren.

Luc beobachtete, wie der kleine, o-beinige Besitzer des Diners die Männer auf die andere Seite des Gastraums führte. Die Worte des Mannes hingen in der Luft. Ja, er hatte gewusst, worum es in dieser Stadt ging, aber in seinem Kopf war er davon ausgegangen, dass das nichts mit ihm zu tun haben würde.

Er hatte sich geirrt. Er richtete seinen Blick auf die beiden Damespieler, die ihn grinsend beobachteten.

Applegates üblicher mürrischer Blick war einem Grinsen gewichen. Es war seltsam zu sehen – obwohl er von vielen gehört hatte, dass er öfters grinsend gesehen worden war. Er hatte gehört, dass es den beiden Spaß machte, mitzumischen, und als er sie jetzt ansah, wusste er ... ja, er könnte in Schwierigkeiten stecken.

„Du hast es gerade begriffen, nicht wahr, Junge?", fragte Stanley, während er von ihm zu seinem Schachbrett blickte. Er nahm seinen Stein und hüpfte über einen – zwei von Applegates Steinen.

App hörte das doppelte Aufprallen des Sprungs und richtete seinen Blick von Luc auf das Brett. „Jetzt sieh dir das an, ich habe darüber nachgedacht, was mit dir los ist, und habe nicht aufgepasst", knurrte er. „Das kriegst du zurück!", blaffte er und sah dann Luc an. „Ja, das passiert, wenn man den Überblick darüber verliert, wo man steht oder was vor sich geht. Man kann leicht einen falschen Schritt machen oder die Zeichen übersehen. Oder man macht den richtigen Schritt. Wir haben hier schon viele Cowboys wie dich gesehen. Ich warne dich also nur. Jetzt komm und spiel Dame mit uns, Junge. Du bist gewarnt. Es ist an der Zeit, ein paar Runden Dame zu spielen und den Stress abzubauen, der dir an der Nasenspitze anzusehen ist."

„Er hat recht", stimmte Stanley zu. „Du bist so angespannt, da siehst du aus wie App."

App warf seinem Kumpel einen finsteren Blick zu. „Du wärst auch so faltig, wenn du nicht diese Pausbacken hättest. Jetzt vergiss den ganzen Blödsinn und lass uns Dame spielen. Deshalb kommen wir hierher. Glaub mir, es ist nicht so, dass wir herkommen, um ‚Great Balls of Fire' zum sechstausendsten Mal zu hören. Oder Elvis und seine ‚Blue Suede Shoes'. Diese Melodien sind für immer in unserem Gedächtnis verankert. Gott sei Dank können wir beide unsere Hörgeräte abstellen, wenn es zu schlimm wird. Aber du, nun ja, du kannst im Moment nichts dagegen tun. Die Mädels haben dich auf dem Kieker und du bist kurz davor, ‚All Shook Up' zu sein."

Es war ein wilder und verrückter erster Tag gewesen. An diesem zweiten Morgen hatte sie draußen auf der Veranda gesessen und war nicht den klapperschlangenverseuchten Lupinenhügel hinaufgelaufen oder die Straße entlang gejoggt, aus Angst, den gutaussehenden Luc zu sehen, der ihre Gedanken nicht verlassen wollte.

Sie trank ihren Kaffee und fühlte sich etwas ruhiger. Schließlich war sie es, die die Entscheidungen über ihr Leben traf. Sie hatte wegen ihrer Großmütter die Entscheidung getroffen, am Schweine-Rodeo teilzunehmen. Genauso wie sie diejenige gewesen war, die sich entschieden hatte, hierher zu kommen und für sie ein bisschen Zeit hier zu verbringen und Spaß zu haben.

Sie hatte dafür gebetet und war zuversichtlich, dass Gott es verstand und sie nichts tun lassen würde, was sie nicht tun wollte. Warum? Weil er wusste, dass sie versuchte, die Träume ihrer Großmütter zu erfüllen.

Als sie heute Morgen um Viertel nach acht das

Haus verließ, war sie etwas früher auf dem Weg zum Salon. Lacy sagte, sie sei normalerweise um Viertel vor neun dort. Lacy hatte ihr jedoch einen Schlüssel gegeben und ihr gesagt, sie könne jederzeit reingehen. Wenn Izzy also früher ankam, hätte sie etwas Zeit für sich allein, um sich an ihren neuen Arbeitsplatz zu gewöhnen.

Sie machte sich auf den Weg.

Sie stieg in ihren roten Trailblazer, fuhr rückwärts aus der Einfahrt und folgte der kurvigen, unbefestigten Straße. Es war eine hübsche Straße mit großen Eichen und Weiden auf beiden Seiten. An manchen Zäunen wuchsen Geißblattranken und Wildblumen, darunter auch ein paar Lupinen – nur nicht so viele wie hinter ihrem Haus.

Sie betrachtete die Schönheit und blickte auch in den Rückspiegel, in der Hoffnung, dass ihr Nachbar nicht von seinem Haus am Ende der Straße losfuhr. Sie musste anfangen zu joggen, und die Gegend war toll zum Joggen, und da er auf dieser Straße wohnte, kam es ihr etwas sicherer vor. Tatsächlich musste sie sich daran gewöhnen, dass sie Nachbarn waren, und sie hatte Glück, dass er ein netter Kerl war.

Sie sollte sich glücklich schätzen. Sie würde positiv denken. Heute Morgen war die Straße leer, und sie war allein, also ließ sie ihren linken Arm aus dem Fenster hängen, spürte die Brise auf ihrer Haut und lächelte. *Das ist schön*, dachte sie, als sie um die Kurve fuhr – *heilige Kuh!*

Ein riesiger Brahmanbulle stand mitten auf der Straße.

Sie riss am Lenkrad und steuerte direkt auf den Graben zu – holperte hinunter und wieder hinauf und brach dann durch den Stacheldrahtzaun und kollidierte mit einer der riesigen Eichen direkt hinter dem Zaun …

Ihr Airbag explodierte, und ihr Gesicht prallte hinein.

Benommen hob sie den Kopf. Alles drehte sich, dann spürte sie eine feuchte Nässe an ihrer Wange, drehte ihren Kopf zum Fenster und schrie. Der riesige Bulle hatte seine Nase durch ihr offenes Fenster gesteckt und leckte sie mit seiner riesigen Zunge ihre Wange!

In diesem Moment schaltete sich ihr Gehirn ab, und alles wurde schwarz.

KAPITEL SIEBEN

Luc war gerade auf dem Weg vom Diner nach Hause, seine Gedanken kreisten immer noch um das, was die älteren Männer gesagt hatten, als er sah, wie der rote SUV gegen die Eiche fuhr.

Er trat auf die Bremse: „*Nein!*" Er stellte den Motor ab, stieß die Tür auf und rannte los, um Izzy zu helfen.

Mammoth stand neben dem Fahrerfenster und steckte die Nase hinein. Jetzt starrte ihn der Stier an.

Luc schob ihn beiseite. „Aus dem Weg!", knurrte er und wusste sofort, was passiert war. Er spähte in den SUV und sah, dass Izzy zusammengesunken auf dem Sitz saß und der Airbag zwischen ihr und dem Lenkrad aufgegangen war.

Er riss die Tür auf, der Stier schnaubte und gab Luc einen Stoß. Mammoth sollte lieber einen Schritt zurücktreten, sonst würde er herausfinden, wer von ihnen der Härtere war. Als sich der Stier zurückzog, wandte sich Luc wieder Izzy zu. Sie blutete an der Stirn, doch zum Glück nicht stark.

Er kniete sich in den Türrahmen und legte seine Finger auf ihr Handgelenk – Gott sei Dank hatte sie einen gleichmäßigen Puls.

„Izzy, komm, wach auf! Es tut mir so leid, dass Mammoth wieder ausgebrochen ist. Er ist verdammt stur und neugierig, aber obwohl ich wütend auf ihn bin, weiß ich, dass er das nicht wollte. Komm, schau mich mit deinen wunderschönen blauen Augen an." Sein Herz raste, als er sich vorbeugte und sanft seine Hand auf ihre Wange legte, um sie dazu zu bewegen, die Augen zu öffnen. Er betete, dass sie aufwachen würde, keine Schmerzen hätte und dass die Platzwunde an ihrer Stirn nicht schlimm sei.

Als er ihre Wange hielt, öffneten sich die Augen, und das Saphirblau war wie ein Sternenhimmel an einem trostlosen Tag.

Diese Augen hatten ihn gestern im Diner intensiv angesehen, und jetzt öffneten sie sich langsam. Sein Herz pochte, als sich ihre Lider öffneten und wieder schlossen – dann blinzelte sie und richtete sich auf, als wäre sie vom Blitz getroffen worden.

Er wich zurück, ließ ihr Platz zum Atmen, hielt aber immer noch ihre Wange.

„Was ist passiert?", keuchte sie. „Oh, der Stier."

„Ja", gab er leise zu. Jetzt hielt er ihren Arm mit seiner freien Hand, für den Fall, dass sie wieder ohnmächtig wurde. „Das wird nicht noch einmal passieren. Dieser Bulle ist im Begriff, in einem Pferch zu landen, aus dem es kein Entrinnen gibt, und wenn er sich dann immer noch nicht benimmt, ist er weg vom Fenster. Wie fühlst du dich?"

Sie atmete langsam ein, ihre Augen waren jetzt klar und funkelnd – blendend, als sie ihn wieder ansah. „Mir geht's gut." Plötzlich lief ein Tropfen Blut von der Platzwunde über ihre Stirn und tropfte auf ihre Wange. Sie bemerkte es.

„Ich blute."

„Ja, warte." Er musste sich darum kümmern, da sie jetzt doch stärker zu bluten begann. Er hatte kein Taschentuch, also zog er das T-Shirt über seinen Kopf, knüllte es zusammen und drückte es ihr auf die Stirn. „Tut mir leid, wenn es wehtut", sagte er, als sie zusammenzuckte.

„Schon okay. Danke. Geht's dem Stier gut?"

Sie hatte eine Platzwunde an der Stirn, und er tupfte das Blut weg, damit es nicht in ihre Augen lief, und trotzdem fragte sie sich, ob es dem Stier gutging. „Er ist widerspenstig, aber ihm geht's gut. Jetzt", sagte er sanft. „Lehn deinen Kopf ein bisschen zurück und lass uns das für ein paar Minuten so halten."

Sie tat, was er verlangte, und griff automatisch nach dem T-Shirt, sodass ihre Hände einander berührten, und seine Reaktion war stark und abrupt, als er in Alarmbereitschaft geriet.

Whoa – sie war wunderschön, das ließ sich nicht leugnen, aber in dem Augenblick wurde ihm klar, dass er vollkommen in diesem Moment gefangen war und seinen eigenen Kopf wieder in den Griff bekommen musste.

„Ist dir schwindelig?", fragte er und kam wieder in die Spur.

„Nein", sagte sie, und ihre Augen öffneten sich wieder, diesmal klar. „Ich bin nur dankbar, dass ich auf meine Gram und meine Grammy gehört habe. Sie singen gerade im Himmel."

Vielleicht war ihr Kopf schlimmer, als er angenommen hatte. Sie hörte ihre Großmütter singen. „Singen? Hörst du sie oft singen?", fragte er, vielleicht halluzinierte sie.

„Oh ja, ich höre sie oft", sagte sie leise. „Sie singen für mich, wenn sie glücklich sind. Meine Gram war 106, fast 107 – sie wollte mir gerade ein letztes Mal was vorsingen, doch dann hat sie die Augen geschlossen und ist in den Himmel gegangen. Meine Grammy, ihre süße Tochter, ist gestorben, als sie 87 Jahre alt war, und ich habe jeden Moment mit ihnen genossen." Sie redete leise und als würde sie träumen – vielleicht hatte sie eine Gehirnerschütterung. „Meine Mutter hat nicht so lange gelebt wie sie, sie ist früh gestorben, aber ich durfte drei Jahre mit ihr und Dad verbringen."

„Tut mir leid, dass du sie so früh verloren hast, aber ich bin froh, dass du deine Großmütter hattest. Bist du sicher, dass dein Kopf nicht wehtut?"

Sie sah ihn an, und ihre Augen funkelten. „War nur ein kleiner Stoß. Du weißt, ich bin hier, um für Lacy zu arbeiten. Ich habe mein Friseurgeschäft aufgegeben, um mich um meine Großmütter zu kümmern." Sie redete jetzt schneller, aber sie brabbelte nicht, sie sprach in einem ruhigen Erzählton.

„Klingt nach einer großartigen Sache, die du für sie getan hast."

„Ich habe sie geliebt. Und ich war dankbar, sie zu haben, also war es das, was ich tun wollte." Tränen traten ihr in die Augen, und sein Herz zog sich zusammen.

„Es tut mir leid. Ich wette, es war wunderbar, deine Großmütter so lange zu haben, aber es war sicher schwer, sie zu verlieren."

Sie nickte. „Ja, natürlich werde ich sie nie vergessen, und dafür bin ich dankbar."

„Ich verstehe. Glaubst du, dass du aussteigen kannst?"

Er nahm das T-Shirt von ihrer Stirn und sah, dass sie nicht mehr blutete. Es war nicht schlimm, Gott sei Dank. „Sieht gut aus, also lass es uns versuchen."

Er stand auf und berührte sanft ihr Knie, als sie sich aus dem Wagen schob. Er war dankbar, dass der Fahrgastraum nicht eingedrückt war. Sie hatte den Baum mehr mit der Beifahrerseite getroffen, und dort sah er eine Vertiefung. Ihr Blick wanderte zu dem Metallzaun, den ihr SUV durchbrochen hatte, und dann zu dem Baum, der sie aufgehalten, aber zum Glück nicht getötet hatte.

Ihr besorgter Blick begegnete seinem, und in ihm brüllte die Dankbarkeit, dass sie zu ihm aufblicken konnte. Dass er jetzt für sie da sein konnte.

Da er nicht darauf eingehen wollte, wie schlimm das hätte ausgehen können, lächelte er aufmunternd und musste sie von dem ablenken, was hätte sein können. „Okay, also lass uns das machen. Ich werde deine Ellbogen nehmen; du hältst dich an meinen Unterarmen fest, und wir sehen, ob du stehen kannst. Dass du wirklich nicht verletzt bist."

Sie legte ihre Hände auf seine Unterarme, die Hitze, die ihn durchströmte, überraschte ihn sofort. Was –

„Meine Grams singen gerade", sagte sie, und ihre Worte klangen wie eine Melodie.

Er hätte beinahe gelacht, als er sich fragte, was ihre Grams wohl singen würden, aber er war froh, dass ihre Worte ihn von dem ablenkten, was gerade in seinem Inneren vorging. „Es hört sich an, als hätten sie es geliebt zu singen."

„Ja, beide." Ihr Blick war auf seinen gerichtet, als er ihr beim Aufstehen half, und dann fiel er auf seine Brust – seine nackte Brust, und er sah ein Aufblitzen, gefolgt von einem leisen Keuchen. „Dein T-Shirt."

Er war wie sie erstarrt. „Warte." Während er sprach, blickte er auf ihre Arme und unterbrach damit den Blickkontakt, den sie zuvor gehabt hatten. „Geh ein Stück mit mir. Dann ziehe ich das Shirt wieder an."

Um sicherzugehen, dass sie aussteigen konnte, legte er seinen rechten Arm sanft um ihre Taille und hielt sie fest, als sie den ersten Schritt machte.

„Okay, mir ist nicht schwindelig, sieht also gut

aus."

„Das ist großartig. Bringen wir dich zu meinem Truck, dann fahren wir zurück zu deinem Haus und sehen uns die Platzwunde an …"

„Nein", sagte sie entschlossen und klang konzentrierter. „Ich blute nicht mehr. Das, was auf deinem T-Shirt ist, ist alles. Also, Mr. Hemdlos, bring mich zu deinem Truck, dann kannst du das T-Shirt wieder anziehen – wenn du willst. Gott sei Dank ist es nur ein kleiner Fleck. Dann kannst du mich nach Mule Hollow bringen. *Das ist der Ort, an dem ich sein soll.*"

Ihre Worte überraschten sie. Sie sang sie, und die Melodie stammte von irgendetwas, aber er konnte sich nicht erinnern, wo er sie gehört hatte. Die Melodie, die in seinem Kopf spielte – wo hatte er sie gehört?

„*Heavenly Inspirations ist der Ort, an dem ich sein soll.*"

Es war wieder da, nur ein Fluss der Worte, diesmal ohne Gesang, aber aus irgendeinem Grund hörte er die Melodie wieder. Ihr Blick fiel auf seine Brust, blieb dort hängen, flatterte dann nach oben und über seine Schulter. Erst jetzt fiel ihm ein, dass er von der Jeans aufwärts nackt war, und sie wusste es genauso.

Manchmal arbeitete er ohne Hemd in der Sonne und dachte sich nichts dabei. Aber hier so mit einer Frau zu stehen, die er kaum kannte, fühlte sich ein wenig seltsam an. Andererseits war er froh, ihr mit seinem T-Shirt geholfen zu haben, sonst wäre ihr das Blut vom Kinn getropft. Und auf ihr Oberteil.

„Bist du sicher, dass du in den Salon gehen willst?"

„Ja, bin ich. Ich lege Wert darauf, nicht zu spät zu kommen. Und ich bin mir sicher, dass Lacy Pflaster und Alkohol hat, um mich zu verarzten. In der Haarschneidebranche braucht man immer Pflaster. Manchmal schneidet man sich versehentlich in die Finger, die die Haare hochhalten. Unfälle passieren, und dann braucht man einen Verband. Die Scheren, die wir benutzen, sind so scharf wie Schwerter, also weiß ich, wie man ein Pflaster benutzt, und ich nicht zu spät zur Arbeit kommen. Ich bin sicher, dass Lacy mich nach der Arbeit zurückbringen kann."

Er nickte und seufzte. „Okay, dann lass uns fahren." Er hielt sie mit dem Arm um ihre Taille, während sie die Steigung zu seinem Truck hinaufgingen. Mammoth stand immer noch in der Nähe, kam aber glücklicherweise nicht zu ihnen.

Er sah sie an und bemerkte, dass sie lächelte. „Es ist schön, dich lächeln zu sehen", sagte er. Und es war ein tolles Lächeln. Er stand in der Tür, als sie sich umdrehte, und half ihr, einzusteigen. Er vermisste sofort das Gefühl ihrer Wärme – was dachte er?

Sein Verstand kehrte zu diesem Lächeln zurück, Mann, er mochte dieses Lächeln und ihre tanzenden Augen. „Was denkst du? Du siehst nicht aus wie jemand, der gerade einen Unfall hatte."

Sie seufzte. „Na ja, du willst es wahrscheinlich nicht wissen … und ich versichere dir, es bedeutet nichts, aber wenn was passiert, dann ist es in Ordnung.

Ich bin hier in Mule Hollow, weil meine beiden Großmütter große Fans von Molly Popps Zeitungskolumne waren. Sie haben gehofft – okay, versteh das jetzt nicht falsch –, ich bin nicht hier, um ihren Traum zu erfüllen, einen Cowboy zu finden. Ich bin hier, um ihren Wunsch zu erfüllen, Mule Hollow zu besuchen – das ist alles."

Er war verblüfft über die Entschlossenheit ihrer Worte und neugierig, warum sie es so nachdrücklich sagte. Bevor er sich zurückhalten konnte, kam die Frage: „Warum?"

Sie sah wieder zögernd aus. „Ihr Wunsch und ihre Liebe zu Mule Hollow und allem, was es für sie repräsentiert hat, hat mich hierher gebracht. Aber sie sind auch beide mit Green Acres aufgewachsen. Erinnerst du dich an die alte Show? Sie wurde vor langer Zeit das erste Mal ausgestrahlt, läuft aber noch heute auf manchen Sendern. Meine Großmütter haben sie sich bis ans Ende ihres Lebens angesehen, haben ihre Bibeln und Molly Popps Artikel über Mule Hollow gelesen. Das haben sie geliebt. Und mich. Ich bin sehr dankbar, dass ich sie hatte."

Sein Kopf drehte sich, als er in seinem Hinterkopf etwas aus seiner Vergangenheit hörte, das ihn wie ein Schlag traf.

„Jedenfalls haben wir uns Wiederholungen von „Green Acres" angeschaut, und sie wollten, dass ich hierherziehe, mir Mule Hollow ansehe und mich verliebe. Aber ich garantiere dir, das ist nicht der Grund, warum ich hier bin. Ich bin nur hier, um ihnen den Traum zu erfüllen, für eine Weile hier zu sein. Sie können zusehen, wie ich diesen Teil ihres Traums verwirkliche, während ich mir darüber klar werde, wo ich sein will, jetzt, wo ich mich nicht mehr um sie kümmern muss."

„Was hat Green Acres also mit dem Grund zu tun, dass du hierhergekommen bist?" Er musste es einfach fragen.

Sie errötete. *Wow. Toll. Warum reagierte sie so?*

„Nun, weißt du, mein Kopf singt ständig zu ihnen. Den ganzen Weg in die Stadt und seit meiner Ankunft singen sie ihr Lieblingslied."

„Und das ist …?" Er verstand es nicht, wollte es aber.

„Ich bin mit dem Auto hierhergefahren, und seit ich angekommen bin, höre ich immer wieder, wie sie es mir vorsingen. Sie haben es geliebt, mir vorzusingen. Gram hatte auch diesen süßen, kleinen Hund, der auf ihrem Schoß saß und wie ein Backgroundsänger seine eigene Melodie zu ihrer beisteuerte."

Er konnte nicht anders, denn das Bild, das sie in seinem Kopf erschaffen hatte, war kostbar … was für besondere Erinnerungen … Er verdrängte *seine* Erinnerungen, da er nicht darüber nachdenken wollte, doch er fühlte sich schrecklich deswegen, dass er sie verdrängt hatte. Das hatte er noch nie zuvor getan.

Er wusste, wie wunderbar Erinnerungen wie ihre sein konnten – wie sehr er sich schon immer mehr solcher Erinnerungen gewünscht hatte. Aber da war etwas in ihren Augen, das aussah, als wäre sie sich im Moment nicht so sicher.

„Was?", fragte er. „Du scheinst von dem, was du denkst, nicht begeistert zu sein. Dennoch klingt es nach einer großartigen Erinnerung."

Sie zog ihre Brauen hoch. „Das ist es. Aber schau, ob du das verstehst: *Mule Hollow ist der richtige Ort* ..." Sie sang die Worte zu einer sanften, hübschen Melodie. „*Heavenly Inspirations ist der Ort, an dem ich sein soll. Wenn ich dorthin gehe, treffe ich vielleicht den Mann– den Mann meiner Träume –*

Den Mann meine r Träume.

Treffe ich vielleicht den Mann meiner – den Mann meiner Träume –"

Er war überwältigt von ihrem Ton, ihrer musikalischen Magie und der Melodie –

„*Green Acres*." Er lachte. Jetzt erkannte er die Melodie.

„Ja. Genau richtig. Wenn du jemals die Titelmelodie von Green Acres gehört hast, hörst du die Melodie, nicht die Worte, die ich gerade gesungen habe. Genau die Melodie. Und doch nicht ganz dieselbe Melodie. Gram und Grammy sind kreativ damit umgegangen."

Jetzt lachte er, als er es plötzlich begriff. Als die Worte, die sie sang, und die Titelmelodie der Show Green Acres in seinem Kopf spielten. Er liebte es. Und das war der Gedanke, den er vorhin gehabt hatte. Es erinnerte ihn an seine Kindheit, wenn er bei seinem Großvater gesessen hatte, den er früh in seinem Leben verloren hatte. Grandpa hatte neben ihm gesessen, und sie hatten gemeinsam die berühmte alte Show gesehen.

„Hast du dich gerade an was Gutes erinnert?", fragte sie mit sanftem Blick.

„Deine Großmütter hätten mit meinem Grandpa befreundet sein können, denn ich habe diese Serie immer mit ihm angesehen, bevor ich ihn verloren habe. Jetzt höre ich die Melodie in meinem Kopf." Er lächelte.

Sie lachte über seine Worte, und beide starrten einander an, und ihr Lachen wurde lauter. Schließlich hob er seine Hand und versuchte, nicht nur das Lachen zu unterdrücken, sondern auch das einnehmende Gefühl, das es in ihm auslöste, wenn er sie beobachtete. Die Verbindung, die er plötzlich spürte – etwas, das er noch nie zuvor gespürt hatte.

Etwas, das er nicht spüren wollte. Niemals.

„Okay, ich bin mir sicher, dass mir diese Worte und diese Melodie jetzt weiß Gott wie lange durch den Kopf gehen werden." *Und diesen Gesichtsausdruck, als du sie gesungen hast, werde ich auch sehen.* „Ich fürchte, ich werde sie nie wieder aus dem Kopf bekommen. Hey, jetzt sieh mich nicht plötzlich so beunruhigt an – ich bin auch nicht hier, um die Liebe zu finden. Ich bin nur hier, um einem Freund zu helfen. Ich suche nicht nach dem, wofür die Kupplerinnen hier bekannt sind – das will ich nicht."

Ihr Blick wurde ernst, aber ihr sanftes Lächeln war

immer noch da, als ihre Hand ihr Herz berührte. Er fragte sich, ob ihr Herz genauso heftig klopfte wie seines.

Bekomm den Kopf klar und konzentrier dich nicht auf dieses Gesicht, diese Augen oder dieses Lied!

„Okay", sagte sie. „Wir sind uns einig. Ich bin hier, um meinen Großmüttern für ein paar Monate eine schöne Zeit zu bereiten. Damit sie es durch mich genießen können. Dann überlege ich, wo ich meinen Salon wiedereröffnen will. Wo mein Geschäft wachsen und mein Leben in einer größeren Stadt neu anfangen kann, nicht hier in Mule Hollow mit dem Mann, von dem sie gehofft haben, dass ich ihn treffen werde. Aber genug von mir. Was hast du gemacht, bevor du hergekommen bist?"

Er streckte seinen Arm aus, nahm den Sicherheitsgurt, zog ihn über sie und steckte ihn in die Halterung. „Lass mich dich anschnallen. Ich muss dafür sorgen, dass du sicher bist. Wie du gerade herausgefunden hast, braucht man auch auf diesen unbefestigten Straßen Sicherheitsgurte. Man weiß nie, was einen hinter der nächsten Kurve erwartet. Aber ich kann dir versprechen, dass es nicht wieder Mammoth sein wird." Sie starrte ihn an, die Frage immer noch in ihren Augen. „Ich habe die letzten Jahre auf ein paar großen Ranches in Idaho verbracht. Im Winter verkriecht man sich mit Stiefeln, warmer Kleidung, Lebensmitteln, Medikamenten und Erste-Hilfe-Sets, um über die Herde zu wachen, der man zugeteilt ist. Es ist ein ruhiges, einsames Leben in den harten Wintermonaten."

„Wow, du warst wie Pace Gentry."

„Ich bin wegen Pace hier. Du kennst ihn?"

„Meine Großmutter hat alle Artikel gelesen. Ja, der Cowboy, der so gelebt hat wie du und dann gerettet und dazu gebracht wurde, das Alleinsein hinter sich zu lassen und unter Menschen zu sein. Und er ist nach Mule Hollow gekommen."

Er lächelte. „Ja, alles ist wahr. Molly Popp erzählt nie alles, aber sie macht die Geschichten unterhaltsam."

„Ja, das auf jeden Fall. Hinter den Geschichten steckt doch immer mehr, oder? Du musst eine harte Zeit hinter dir zu haben, die dich in die Einsamkeit getrieben hat."

Er nickte und spürte eine Wendung in seinem Inneren, die er nicht spüren wollte. „Ich bin jetzt fast ein Jahr hier und kam, nachdem Pace mich immer wieder gebeten hatte, ihm zu helfen. Er hat nie aufgegeben, und als er das letzte Mal gefragt hat, habe ich am Ende Ja gesagt. Und so bin ich hier."

KAPITEL ACHT

Warum hatte sie ihm vom Lied ihrer Großmutter erzählt? Sie musste sich wirklich den Kopf gestoßen haben, weil ihr Verstand gerade nicht funktionierte. Dieser Cowboy – dieser unglaublich gutaussehende, dunkelhaarige Cowboy hatte ihre Aufmerksamkeit, ob sie sie ihm schenken wollte oder nicht. Allein der Ausdruck in seinen Augen, als er sie gefragt hatte, wie es ihr ging, hatte ihr Herz zum Toben gebracht, und sie wusste nicht genau, was los war.

Und das Lied ihrer Grams ertönte immer wieder – ärgerlicherweise immer und immer wieder in ihrem Kopf. Sie stammte nicht aus Mule Hollow. Sie wollte nicht, dass Mule Hollow in dem Lied mitspielt, und sie wollte nicht, dass Luc die Hauptrolle darin spielte – und ihr Herz in Versuchung führte. Nein, das war ein großes, fettes Nein und etwas, worüber sie nicht nachdenken wollte.

Ihr Kopf tobte, ihr Herz hämmerte in dem Truck, in

dem sie gerade festsaß, während sie über den Mann nachdachte. Der liebe Gott musste etwas tun, denn sie war wegen ihrer Großmütter hierhergekommen, nicht wegen des Unsinns, der in ihr vorging. Die Musik lief immer weiter ... die Melodie der alten Show erklang ununterbrochen, und ihr Kopf sang mit – *Luc Asher ist der Mann für dich!*

Er sieht gut aus und ist auch ein netter Mann ...

Halte ihn fest und du wirst sehen ...

Es gibt keinen anderen Ort, an dem du lieber wärst – als für immer in seinen Armen ... Stopp!

Sie wollte nicht, dass Luc in diesem Lied in ihrem Kopf vorkam und ihr Herz in Versuchung führte. Nein, das war ein Nein – sie wollte nicht daran denken. Sie musste ihre Gedanken in die richtige Richtung lenken. Nicht zu Luc. Sie war wegen ihrer Grams hierhergekommen, um für ein paar Monate den Traum zu leben, der sie zum Lächeln gebracht hatte – zur Melodie des Liedes, das sie in ihren letzten Tagen auf Erden auch so gern gesungen hatten.

Und jetzt war sie vollkommen verrückt wegen dem, was in ihr vorging.

Die Stadt kam in Sicht – *Gott sei Dank.* „Von so weit draußen hat man eine tolle Aussicht", sagte sie und konzentrierte sich auf die bunte Stadt am Horizont.

Seine Hand umklammerte das Lenkrad, und ihr Blick fiel auf seine andere Hand, deren Finger sich in seinen Oberschenkel bohrten. Sein Gesichtsausdruck war ernst, sein Blick auf die Stadt gerichtet, nicht auf sie.

Gott sei Dank! Er schien mit der Richtung ihrer Unterhaltung nicht glücklich zu sein. Ja, als sie das Lied ausposaunt hatte, hatte sie es wahrscheinlich auch zu einem Ohrwurm für ihn gemacht.

Ob sie es wollte oder nicht, die Melodie und die Worte kreisten weiter in ihrem Kopf. „Die Farben springen einen förmlich an", platzte sie heraus und brauchte etwas, um das Thema in ihrem Kopf zu wechseln.

Er sah sie an. „Deshalb hat Lacy die Leute überzeugt, die Häuser bunt anzumalen. Sie sollen einen anspringen und rufen. Die Idee kam ihr, nachdem sie von Houston nach Dallas gefahren war und das Sam Houston-Denkmal außerhalb von Huntsville gesehen hatte. Als die Statue geschaffen wurde und die Autobahn noch vierspurig war, konnte man diese weiße Statue jahrelang aus etlichen Meilen Entfernung sehen. Es heißt, Lacy Brown hatte die Vision, die runtergekommene, sterbende, graue und staubige Stadt mit Farbe zu neuem Leben zu erwecken. Und ihr zweistöckiger rosa Salon und ihr berühmter rosa Caddy, mit dem sie in die Stadt gekommen ist, waren der Neuanfang für die Stadt. Und ja, diese bunte Stadt hat, soweit ich gehört habe, wie ein Sonnenstrahl tatsächlich Menschen nach Mule Hollow gebracht."

Sie lächelte, sie konnte nicht anders, der Mann war sichtlich irritiert von dem Gedanken. Seine Worte verrieten es nicht, sein Gesichtsausdruck schon. Sein angespannter Kiefer und die Tatsache, dass seine Augen jetzt auf die Stadt gerichtet waren und nicht zu ihr zurückschossen. Sie verstand es vollkommen. Sie kannte die Geschichte gut. Ihre Gram und ihre Grammy hatten dafür gesorgt. Sie wusste, dass die meisten Leute in Texas oder anderen Bundesstaaten die I-45 zwischen den großen Städten Houston und Dallas gefahren waren und die große weiße Statue gesehen hatten. Und ja, als Kind hatte sie sie zum ersten Mal gesehen. Jetzt war der Highway, der den Küstenstädten als Fluchtweg vor Stürmen diente, verbreitert worden, und man sah nicht mehr so weit, aber sie erinnerte sich, dass sie als kleines Mädchen Grammy gefragt hatte: „Was ist das?"

„Du wirst es sehen, meine Süße. Wir halten an und sehen es uns an. Aber schau einfach hin, denn das ist Sam Houston, und er wird mit jeder Meile, die wir fahren, immer größer."

Und genau das war passiert. Und jetzt tat die bunte Stadt dasselbe. Genau wie Lacy es sich vorgestellt hatte. „Ich muss sagen, bis man hier ankommt und die bunte Stadt in der Landschaft sieht, versteht man nicht wirklich, wie sie heraussticht. Ich meine, ich wusste es – sie hatten mir erzählt, wie bunt sie ist – pink, blau, lila, rot, gelb. Es ist wunderbar. Und wie immer kann ich die Begeisterung meiner Großmütter nachvollziehen." Sie sagte nicht, dass die größte Begeisterung von der Tatsache herrühren würde, dass sie allein mit diesem hübschen Cowboy, der sie in ihrer Not gerettet hatte, im Truck saß.

Es spielte keine Rolle, dass der Bulle, der den Unfall verursacht hatte, seine Verantwortung war. Sie waren wahrscheinlich glücklich, weil dieser Bulle irgendwie mit der Eselin Samantha geistig verwandt war – dem kleinen Kuppler-Esel, der dazu beigetragen hatte, Paare zusammenzubringen. Sie musste den schelmischen Esel für sie kennenlernen, aber auch, weil sie die Geschichten über Samantha, den Bananen-Taffy-fressenden Esel, und das Lachen, das das Tier ihren Großmüttern gebracht hatte, liebte.

Und diese Freude war einer der Gründe, warum sie hier war – und als ihr Blick zu Luc wanderte, erinnerte sie sich daran.

Sie war wegen ihrer Großmütter hier, nicht um sich zu verlieben.

Luc hielt vor Heavenly Inspirations an und war froh, es zu sehen. Andererseits auch nicht. Jeder in der Stadt würde wissen, dass sein Bulle Izzy das angetan hatte. Er entdeckte Lacys pinkfarbenen Caddy, der vor dem Gebäude stand. Manchmal fuhr sie ihren Caddy und manchmal einen roten SUV. Clint hatte ihm erzählt, dass er sie gebeten hatte, mit ihren beiden kleinen Söhnen etwas zu fahren, womit sie die Kinder sicherer herumkutschieren konnte, und sie hatte gern zugestimmt. Aber sie fuhr immer noch oft mit ihrem Caddy.

Seine Gedanken wanderten zurück zu der Frau, die

auf dem Beifahrersitz saß. All die Fahrzeuge vor dem Gebäude sagten ihm, dass der Salon voll sein würde. Ein Blick zum Salonfenster genügte, um zu bestätigen, dass Esther Mae, Norma Sue und Adela zusammen mit vielen anderen dort warteten. Alle drängten sich im Salon und warteten darauf, Izzy Cranberry in der Stadt willkommen zu heißen.

Und sobald sie erfuhren, was passiert war, würde er was zu hören bekommen ...

Izzy stieß ihre Tür auf, sobald er den Truck parkte, doch er beeilte sich, stellte den Motor ab und sprang aus dem Truck. Er lief auf die Beifahrerseite des Trucks, bevor sie ihre Füße auf den Bürgersteig setzte. Zum Glück erreichte er sie, bevor sie aus dem Truck rutschte.

Offensichtlich hatte sie jemand entdeckt, denn im Handumdrehen stürmte die Herde aus der Salontür. Norma Sue Jenkins stach in ihrer rubinroten Latzhose hervor, Esther Mae in ihrer gelben Caprihose und bunt gesprenkelten Flip-Flops, abgerundet durch ihre auffällige regenbogenbunte Bluse. Hinter ihr stand Adela, ihre saphirblauen, aufmerksamen Augen leuchteten von ihrem sanften Lächeln, und hinter ihr stand Lacy, umringt von einer riesigen Gruppe Frauen.

Er legte seine Hand an ihren unteren Rücken, nahm ihren Ellbogen in die andere Hand und half ihr vom hohen Truck auf den Boden, um da zu sein, falls ihr schwindelig wurde.

„Geh vorsichtig", sagte er und spürte, wie Funken seinen Arm emporschossen, als er sie berührte.

„Das schaffe ich schon allein", sagte sie.

Als Antwort darauf hielt er ihren Ellbogen fester, aber immer noch sanft. „Ich lass dich nicht los", sagte er leise. „Wir gehen die Stufen rauf und in den Salon. Und dann können sich die Frauen um dich kümmern."

„*Um sie kümmern* – was ist passiert?", fragte Norma Sue, als ihr Blick auf Izzys Stirn fiel, an der getrocknetes Blut klebte.

Esther Mae sah es auch. „Oh du meine Güte! Sie hat eine Platzwunde an der Stirn. Was ist passiert?"

In diesem Moment sahen alle Izzys Verletzung, und es lag nicht mehr an ihm, ob er sie festhalten wollte oder nicht. Er wurde sofort von Norma Sue aus dem Weg geschoben, die Izzys Arm ergriff, und Esther Mae erreichte ihre andere Seite und legte ihren Arm um Izzys Taille. Sicher und vorsichtig gingen sie auf den Salon zu, während die anderen Frauen Platz machten, um sie passieren zu lassen. Und Luc war schlicht und einfach vergessen.

KAPITEL NEUN

„Mir geht's gut", erklärte Izzy mit zitternder Stimme.

„Nun, du siehst nicht so aus", bemerkte Lacy und hielt die Tür auf, als sich die anderen zurückzogen und einen breiten Weg ließen, damit Norma Sue und Esther Mae sie in den Salon bringen konnten.

Zumindest hielt Luc sie nicht mehr fest und das war eine Erleichterung – warum fühlte es sich dann an, als hätte sie gerade etwas verloren? Sie brauchte eine Ablenkung und sah sich im Salon um. „Oh, ich liebe diesen Salon." Und das tat sie.

„Wir freuen uns, dass du das tust. Aber jetzt setzt dich hin und lass mich die Wunde ansehen. Luc, was ist mit ihr passiert?"

Als Izzy den Namen hörte, sah sie sich um, und fand ihn direkt an der Eingangstür, umgeben von Frauen jeden Alters.

Er wirkte unbehaglich, und sie hatte Mitleid mit

ihm.

„Es ist meine Schuld, Ladys", sagte er. „Mein Bulle ist auf unserer unbefestigten Straße entkommen, als Izzy an ihrem ersten Tag früh zur Arbeit fahren wollte. Der Stier hat sie erschreckt, als sie um die Kurve kam, und am Ende ist sie von der Straße abgekommen, durch einen Graben und einen Zaun gefahren und wurde erst von einer Eiche aufgehalten. Zum Glück war ich auf dem Weg zurück und habe sie gleich gefunden. Sie ist aufgewacht und wollte sich nicht von mir ins Krankenhaus bringen lassen. Sie wollte hierherkommen, um an ihrem ersten Arbeitstag bei Heavenly Inspirations pünktlich zu sein. Darum will ich nur sagen, ich bete darum, dass die himmlische Inspiration kommt und eingreift. Ich kann es nur wiederholen: Es tut mir so leid, dass der Stier ausgebrochen ist", sagte er und nahm seinen Hut vom Kopf, „es tut mir wirklich leid, Izzy. Aber ich weiß, dass du hier sein willst, also werde ich jetzt gehen und mich um den Bullen kümmern. Er wird niemanden mehr gefährden. Ladys, ich wäre Ihnen allen dankbar, wenn Sie sich um sie kümmern könnten."

Mit diesen Worten drehte er sich um, ging zur Tür hinaus, und auch, wenn sie ihm nachsah, verlor sie ihn, als er um die Ziegelmauer herumging, die seinen Truck verdeckte.

Sofort fingen alle an, sie mit Fragen zu bombardieren. Und sie riss ihren Blick von der Wand los und starrte auf ihre zitternden Hände. *Warum?*

Ihre Sicht war ein wenig verschwommen – wovon? Tränen?

Oh nein, sie blinzelte heftig und blickte dann auf, fest entschlossen, dass niemand etwas anderes als einen stressigen Morgen hineininterpretieren würde.

„Ich bin einem Stier ausgewichen und von der Straße abgekommen, aber jetzt bin ich hier." Sie lächelte breit – riesig. „Tut mir leid, dass ich an meinem ersten Tag jemanden brauche, der mir ein Pflaster auf die Stirn klebt. Aber wenn das erledigt ist, fangen wir an – falls jemand meinen Händen an seinen Haaren vertraut."

Viele Hände schossen in die Höhe, und so begann ihr erster Tag als Friseurin bei Heavenly Inspirations. Und es war ein toller Tag.

Ein lustiger Tag.

Zu Anfang war sie sich dessen nicht sicher gewesen, aber wie durch ein Wunder war es ein schöner, großartiger Tag geworden. Auch wenn sie ein Pflaster auf der Stirn hatte. Es gefiel ihr hier. Alle waren so herzlich.

Um fünf Uhr verließ die letzte Kundin den Salon, und Izzy drehte sich um und lächelte Lacy an. „Danke, heute war ein toller Tag."

„Das fand ich auch." Lacy setzte sich in einen der Frisierstühle, schlug die Beine übereinander und trommelte mit ihren langen rosa Fingernägeln auf die Armlehne. „Jetzt, wo wir allein sind, lass uns darüber reden."

Izzy setzte sich auf den Stuhl, der jetzt ihrer war. „Willst du mir sagen, dass ich schon gefeuert bin?"

Lacy warf ihren Kopf zurück und lachte. „Oh nein, das nicht. Du weißt, dass du erstklassige Arbeit abgeliefert hast. Alle sind verrückt nach dir. Ich hatte das Gefühl schon, als du mich wegen des Jobs angerufen hast. Aber lass uns darüber reden, dass du gerade kein Fahrzeug hast. Du musstest es abschleppen lassen?"

„Ja. Ich wollte dich fragen, ob du mich nach Hause fahren könntest? Ich bin mir nicht sicher, ob es hier irgendwo eine Autovermietung gibt, aber ich könnte eine finden und mir morgen ein Auto bringen lassen. Ich hätte schon anrufen sollen, aber ich hatte heute so viel Spaß dabei, alle kennenzulernen, dass ich es vergessen habe. Es war ein wirklich toller Tag."

Lacy winkte ab. „Nein, nein, nein. Du musst kein Auto mieten. Clint wird mich mit den Jungs vom Diner abholen und mich nach Hause bringen. Da hält er gerade vor Sam's Diner an. Du kannst mit uns zu Abend essen. Clint hat die Jungs für mich von der Tagesstätte abgeholt. Oder wenn du gehen musst, nimmst du meinen Caddy. Es ist ein tolles Auto, und deine Großmütter werden sich freuen, wenn sie vom Himmel runterschauen und sehen, wie du darin rumfährst …"

„Oh nein, das kann ich nicht. Du liebst dieses Auto."

„Doch das kannst du. Außerdem erfüllst du hier den Traum deiner Großmütter. Ich kann dir sagen, wenn sie über Mule Hollow gelesen haben, haben sie auch viel über meinen rosa Caddy gelesen. Er hat viele schöne Zeiten erlebt, und es macht so viel Spaß, darin zu fahren. Dieser Caddy und ich haben Molly vor einem wütenden Bullen gerettet, und ich bin durch die Straßen gefahren und habe Viehdiebe und noch viel mehr damit gefunden. Glaub mir, dieser Caddy hat viel durchgemacht und vielen ahnungslosen Menschen geholfen, ihren Weg zu finden. Also fahr ihn so lange, wie du ihn brauchst. Aber jetzt gehe ich zum Diner, um mit meinen Jungs zu Abend zu essen, und mache mich dann auf den Heimweg. Wie gesagt, nimm den Caddy. Vielleicht kannst du sogar eine schöne lange Nachtfahrt machen. Wenn deine Grams Mollys Artikel gelesen haben, dann wissen sie, dass ich ein ruheloser Mensch bin und oft spät abends gefahren bin. In letzter Zeit nicht mehr so sehr, aber als ich hierhergekommen bin, schon."

„Sie haben mir davon erzählt. Warum jetzt nicht mehr?"

Lacy neigte den Kopf, und ihre blauen Augen funkelten vor Freude. „Ich schlafe jetzt besser, weil meine Jungs mich auspowern, bevor ich sie ins Bett bringe, und dann hält mich mein Clint fest." Sie kicherte. „Und ich liebe jeden Moment meines Lebens. Aber du, meine alleinstehende Freundin, solltest die Nachtfahrt ausprobieren, denn der Wind in deinen Haaren, die glitzernden Sterne über dir – das ist wie ein süßes Schlaflied, das vom Himmel kommt und Freude und Frieden vom Herrn für jedes Problem bringt – nicht, dass ich sagen will, dass du Probleme hast, es ist einfach eine wunderbare Art, einen Abend zu verbringen."

Ihr Kopf schwirrte bei Lacys Worten, als würde die Frau tief graben, ohne zu merken, dass sie es tat – oder wusste sie es?

„Also", fuhr Lacy fort. „Du nimmst ihn mit meinem Segen, und du wirst eine tolle Zeit haben – es sei denn, der hübsche Cowboy, der eben angehalten hat, kommt, um dir eine Mitfahrgelegenheit anzubieten, und du würdest lieber mit ihm fahren."

Cowboy. Ihr Blick schoss zum Fenster, und da stieg Luc aus seinem Truck. Erschrocken schnappte sie nach Luft. „Er kommt nicht, um mich abzuholen! Das war nicht geplant."

„Ich habe das Gefühl, dass ihm eingefallen ist, dass er dir nicht angeboten hat, dich nach Hause zu fahren, also ist er jetzt hier, um zu fragen."

„Ich brauche ihn nicht, ich hab' ja dein Auto – danke nochmal", sagte sie schnell.

Lacy kicherte, als würde sie ihr nicht glauben, und stand auf, als die Tür aufschwang, und ob sie es zugeben wollte oder nicht, sie war glücklich, als dieser gutaussehende Cowboy seinen Kopf hereinsteckte.

Und als ob das nicht genug wäre, nahm er auch seinen Hut vom Kopf, und sein dunkles, welliges Haar war jetzt sichtbar, als er sie ansah. „Hi. Ich bin gekommen, um dich zu fragen, ob du mit mir nach Hause fahren möchtest, da ich heute Morgen vergessen habe, es dir anzubieten."

„Entspann dich, Mädchen", Lacy stand grinsend da und blickte von ihm zu ihr.

Sie bemühte sich, nicht über ihre Worte zu stolpern: „Danke, aber Lacy leiht mir für ein paar Tage ihren rosa Caddy."

„Du willst wirklich den Caddy fahren?"

Sie stemmte ihre Faust in ihre Hüfte. „Ja, ist das ein Problem? Oder denkst du, dass ich noch einem Bullen, einem Schwein oder irgendeinem anderen Tier über den Weg laufen könnte?"

„Nein, ich habe nur nicht gedacht, dass du den rosa Cadillac fahren würdest. Ich habe den Bullen weggesperrt, er wird also kein Problem sein. Und so seltsam es sich auch anhören mag, er ist kein schlechtes Tier. Er steht jetzt in seinem Pferch und sieht aus wie ein großer Hund, der darauf wartet, gestreichelt zu werden."

„Ein sehr großer Hund", bemerkte Izzy. Sie lachte, und Lacy lachte mit, doch Luc starrte sie an.

„Warum kommst du nicht zu uns ins Diner, Luc", schlug Lacy vor. „Clint und unsere Jungs warten schon."

Izzy hätte fast gekeucht. Sicherlich würde er Nein sagen.

Luc stand einfach da und hielt seinen Stetson in den Händen. Er wollte bleiben, weil er ein Idiot war – aber er wusste, dass er mitgehen würde, weil sie ihn eingeladen hatten, und Izzy auch ging. Das könnte eine bessere Möglichkeit sein, in ihrer Nähe zu sein, mit Clint und Lacy und den süßen kleinen Jungs. Doch im Diner würde jeder ihn und Izzy mit Lacy und Clint sehen, und die Gerüchteküche könnte ins Brodeln geraden. Aber als sie das Diner erreichten, beeilte er sich, die Tür zu öffnen.

Als Lacy eintrat, kam ein Schrei, und ihr kleiner Sohn rannte vom Tisch, an dem er neben seinem Vater gestanden hatte, auf sie zu. „Mommy!" Er schrie, als seine Mutter ihn in ihre Arme nahm und herumwirbelte. Lacys hellblondes Haar und sein flauschiges weißes Haar sah aus wie zwei Sahnehäubchen, die im Diner herumwirbelten.

Einen Moment später blieb sie stehen, streckte sich und gab ihrem lächelnden Cowboy einen Kuss, und in diesem Moment zuckte Lucs Innerstes zusammen. *Wie wäre es, so geliebt zu werden?* Sein Blick schoss zu Izzy – warum, wusste er nicht genau, aber auch ihr Blick war auf das glückliche Paar gerichtet. Ihr wunderschönes Gesicht hatte einen erstaunten Ausdruck, und dann begegnete ihr Blick seinem, und sie standen einfach da.

Ihr Blick war tief – er hatte noch nie eine Frau angesehen, deren Augen ihn so fasziniert – oder durchbohrt hatten. Er war sich in diesem Moment nicht sicher, welche Beschreibung die richtige war, weil sein Verstand ausgesetzt hatte. Er wusste nur, dass diese schöne Frau ihn ansah und er nicht wegsehen konnte.

Dann blinzelte sie und wandte den Blick ab, um zu beobachten, wie Lacy ihr Baby aus dem Hochstuhl nahm und es an sich drückte.

Er begegnete Clints wachsamen Augen, und sein Freund lächelte. „Hey, Kumpel, ich freue mich, dass du auch gekommen bist. Wir haben viel Platz. Wenn du und Izzy hier mit uns esst, könnten wir allerdings eine Menschenmenge anlocken."

Er ignorierte die Bemerkung, nahm einen kleinen Tisch und schob ihn an den, an dem Clint stand, dann zog er die Stühle heran und stellte einen auf seine Seite und einen auf die andere Seite.

„Sieht gut aus", sagte Sam, als er zu ihnen kam. Der kleine Mann streckte seine Hand zu einem unvergleichlichen Händedruck aus.

Luc hatte gelernt, sich zu wappnen, weil dieser kleine Mann einen Griff wie einen Schraubstock hatte. Er hob seine Hand, und Sam packte sie so fest, dass es sich anfühlte, als wäre er ein Kalb in einer Viehklemme, das gleich mit einer Impfung rechnen musste. Er konnte sich nicht bewegen, als Sam ihn angrinste, während er seine Hand drückte und kräftig schüttelte.

„Alle sagen, dass der Handgriff eines Mannes mit zunehmendem Alter schwächer wird, also übe ich, damit er fest bleibt. Was denkst du, Junge?" Sam drückte fester zu, während er weiter seine Hand schüttelte.

„Sie haben definitiv einen eisernen Griff." Luc bemerkte Clints Grinsen. Keine Ahnung, wie oft der langjährige Bewohner des Ortes das über sich ergehen lassen musste.

„Ja, also wie ist es?"

Luc grinste – anstatt eine Grimasse zu schneiden. „Großartig, und Sie sehen jedes Mal jünger aus, wenn sie stärker zudrücken. Nicht, dass ich möchte, dass sie weiter meine Hand quetschen. Die Wahrheit ist: Wenn Sie Ihr ganzes Leben lang so Hände geschüttelt haben, ist es kein Wunder, dass Ihre Arme so muskulös sind." Sam ließ Lucs Hand los, und er steckte sie in seine Hosentasche.

Sams Augen glitzerten. „Für einen kleinen Mann wie mich hatte ich immer einen festen Griff, um den Leuten klarzumachen, dass sie sich nicht mit mir anlegen sollten. Bei großen Männern wie dir und Clint wissen sie schon, dass man sich nicht mit euch allen anlegen sollte. Du siehst im Moment so ernst aus, also könnte ich Ärger bekommen."

Izzy verschränkte die Arme und sah die beiden an, als versuchte sie, aus ihnen schlau zu werden.

„Was?", fragte er – er konnte es einfach nicht lassen.

„Ihr beide wirkt, als würdet ihr euch ständig gegenseitig herausfordern."

Sam verschränkte die Arme. Mit prallen Muskeln sagte er: „Das hoffe ich doch. Und Sie? Was fordert Sie heraus, junge Lady? Ein großer, alter, hübscher Cowboy wie der hier?"

Der geschockte Ausdruck in ihrem Gesicht war

zum Schießen, aber er hielt den Mund.

Lacy jedoch nicht, sie wedelte mit ihren langen Fingernägeln in der Luft. „Volltreffer, Sam. Nicht wahr, Izzy?"

Izzy sah aus, als wollte sie sich übergeben. „Sicher, wahnwitzig witzig. Dieser Cowboy und ich haben nur ein paar … nun, ich weiß nicht einmal, was das ist." Sie konnte den Blick nicht von ihm abwenden, als sich seine Lippen verzog.

„Gestern habe ich sie vor einer Klapperschlange gerettet, und ich glaube nicht, dass es ihr besonders gut gefallen hat. Was ich seltsam finde, da ich einfach hätte weiterreiten können. Dann habe ich sie heute Morgen in die Stadt gefahren, nachdem ich sie vor meinem ausgebrochenen Bullen gerettet hatte, der jetzt eingesperrt und traurig darüber ist. Ich bin mir also nicht sicher, was ich noch machen soll. Keine Ahnung, wofür ich mich noch entschuldigen muss."

„Du hast nichts, wofür du dich entschuldigen musst", sagte sie bestimmt.

„Okay, dann sei gewahrt und nimm dich vor diesen Kupplern in Acht." Die Worte kamen heraus, bevor er sie aufhalten konnte.

Ihre saphirblauen Augen wurden dunkel. „Ich habe deutlich gemacht, dass ich nicht auf der Suche nach einem Mann bin. Das habe ich schonmal gesagt, also muss ich es vielleicht nochmal laut sagen, damit es jeder in diesem Raum hören kann – ich habe nicht vor, mich verkuppeln zu lassen. Ich bin hier, um den Traum meiner Großmütter in Mule Hollow zu leben, mehr nicht." Dann setzte sie sich auf den Stuhl, verschränkte die Arme und starrte Sam an, der immer noch dastand und die Show sichtlich genoss, die er angefangen hatte. „Mr. Sam, kann ich bitte eine Tasse schwarzen Kaffee haben?"

Sam grinste. „Ja, Ma'am, kommt sofort. Will sonst noch jemand was?" Sein Blick blieb auf Luc gerichtet.

„Nein, Sir. Im Moment brauche ich nichts. Ich weiß nicht, wie lange ich bleiben werde."

„Du willst nicht einmal ein Wasser?", fragte Izzy wie eine Herausforderung, als sich ihre Blicke wegen etwas Dummem wie Wasser begegneten.

Er sah das Funkeln in den Winkeln dieser erstaunlichen Augen. Sie machte sich über ihn lustig. Er nahm die Herausforderung an. „Sam, ein Wasser bitte, ein großes Glas." Er setzte sich Izzy gegenüber auf den Stuhl, legte seine Hände auf den Tisch und verschränkte die Finger.

Ein Zeichen, dass er nicht derjenige sein würde, der den Blick abwenden würde. Sie konnte ihn anstarren, so viel sie wollte, er war sich nur nicht sicher, wozu sie ihn herausfordern wollte.

Was er wusste, war, dass er diese Frau für den Rest seines Lebens anstarren könnte, wenn er nicht aufpasste.

Und damit glücklich wäre, und *das* – dass er glücklich wäre – konnte er kaum fassen.

KAPITEL ZEHN

Warum forderte sie ihn heraus? Und er wusste, dass sie es tat. Wahrscheinlich stellte er sich dieselbe Frage, als sie einander über den Tisch hinweg anstarrten. Sam ging. Sie wusste, dass er ihr Kaffee bringen würde, aber sein Gang hatte etwas Beschwingtes, als würde er sich über etwas freuen.

Lacy setzte sich neben sie. „Wow, ihr zwei seht aus, als hättet ihr vielleicht Lust auf einen Tanz oder ein Duell."

„Wir wollen weder das eine noch das andere", sagte Izzy und versuchte, vernünftig zu klingen, obwohl sie sich überhaupt nicht so fühlte. Was war mit ihr los?

„Dann würde eine Fahrt in meinem Caddy wirklich dazu beitragen, dass dieser ernste Gesichtsausdruck verschwindet. Nimm deinen Nachbarn mit auf eine Ausfahrt. Eine Mondscheinfahrt."

„Lacy, lass den Unsinn." Die Worte waren heraus, bevor sie sie aufhalten konnte.

Lacy zog eine Augenbraue hoch. „Ich sage nur, dass eine Mondscheinfahrt in vielerlei Hinsicht helfen kann."

Verblüfft starrte Izzy ihre neue Freundin an, deren Augen tanzten. „Du bist genau so, wie meine Großmütter gesagt haben."

Lacy strahlte. „Ja, ja, ja! Ich habe das Gefühl, sie haben mich gut gekannt."

Ja, das hatten sie. Und sie saß jetzt hier im Diner, genau, wo sie sie haben wollten. Sie hatten ihr eine Falle gestellt, bevor sie gestorben waren.

Und Lacy Brown Matlock wusste es. O lieber Gott, was hatte sie getan? Ihre Großmütter sahen von oben zu, und das war nicht die Show, in der Izzy mitspielen wollte.

Gott sei Dank unterbrach Sam den Moment, als er eine Tasse schwarzen Kaffee vor ihr auf den Tisch stellte. „Bitte schön." Er zwinkerte ihr zu, drehte sich dann um und begann, Bestellungen von allen anderen entgegenzunehmen. Zum Glück gab ihr das einen Moment, um ihren Kopf wieder klarzubekommen.

Erst dann begriff sie, dass es unhöflich gewesen war, Kaffee zu bestellen. Der Cowboy, der ihr gegenübersaß, hatte sie abgelenkt. Der Cowboy, der jetzt schwieg.

Stattdessen war sein Blick, als sie ihn ansah, auf den süßen kleinen Jungen gerichtet, der neben ihm saß. Der kleine Junge, der mit dem Modellpferd spielte. Als sie hinsah, lächelte er zu Luc auf, und Luc grinste ihn an. „Das ist ein schönes Pferd, das du da hast."

„Ich lerne, auf meinem echten Pferd zu reiten – dem schnellsten Pferd, das es je gab. Mein Dad, er ist ein guter Lehrer, und er sagt mir, dass ich weiß, wie man sich festhält, und das tue ich auch. Kannst du das auch?"

Das Gesicht des blonden kleinen Jungen gefiel ihr, als er zu dem hübschen Cowboy aufblickte. Was für ein niedliches Paar die beiden doch abgaben.

Luc rieb sich den Kiefer. „Na ja, ich reite Pferde zu. Die Leute sagen, ich bin ziemlich gut darin."

„Ich auch. Ich helfe Daddy oft auf der Ranch. Wir werden ein paar Kühe rauslassen … aber erst nach dem Rodeo. Ich darf versuchen, ein Ferkel zu fangen. Ich freue mich darauf. Daddy und Mommy haben mir gesagt, sie sind klein und eingefettet, damit man sie schwer fangen und festhalten kann. Ich denke, ihr Großen werdet ein anderes jagen." Er sah Izzy an. „Werden Sie eins mit den anderen Frauen fangen?"

„Sie haben mich dazu überredet."

„Wir Kinder dürfen sie auch jagen – oder Schafe. Aber den Frauen macht es Spaß, sich schmutzig zu machen." Er johlte. „Letztes Jahr durfte ich noch nicht mitmachen, aber ich durfte zuschauen. Alle waren voller Schlamm und Fett – das war so lustig! Ich hab' so viel gelacht."

Izzy kicherte, begriff aber langsam, worauf sie sich da eingelassen hatte. An diesem Wochenende würde sie ein schmieriges, schmutziges, ferkelringendes Mädchen sein. Sie hob die Hand, und der kleine Junge sah sie an. „Du meinst also, dass ich ziemlich schmutzig sein werde?"

Seine blauen Augen funkelten wie die seiner Mutter. „Ja, ja, aber es wird lustig sein, und ich werde Ihnen zusehen, wenn Sie mir zusehen."

„Das kann ich mir nicht entgehen lassen", sagte sie mit klopfendem Herzen.

Er nickte und grinste. „Ich zeige Ihnen, wie es geht."

Sie lachte und begegnete Lucs Blick. „Die Frauen haben mir gesagt, dass ich dir dabei helfen soll, dich darauf vorzubereiten, da ich nicht mitmachen werde."

„Nicht nötig. Ich werde es wie alle anderen auch lernen, wenn es losgeht. Sie haben mir gesagt, dass Trainieren nicht viel helfen würde."

Er zog eine Augenbraue hoch. „Okay, wie gesagt, ich habe nicht damit gerechnet, aber wenn du es versuchen willst, weißt du, wo du mich finden kannst. Ich muss ein paar Pferde reiten und mich um einen Bullen kümmern. Also, guten Appetit." Er stand auf und ging.

Es waren ein paar lange, arbeitsreiche Tage für Luc. Er war seine Pferde geritten und hatte an seine Nachbarin gedacht – auch wenn er es nicht wollte. Er war die Straße entlang am Haus vorbeigefahren und hatte Sam's Diner und den Salon gemieden. Er hatte sich abends ins Haus verkrochen und sich auf die Veranda hinter dem Haus gesetzt und versucht, nicht an seine Nachbarin zu denken. Morgen war das Rodeo, und er würde nicht darum herumkommen, sie zu sehen.

Vielleicht konnte er es vermeiden, mit ihr zu reden. Das wäre ideal, denn so sehr er auch versuchte, nicht an sie zu denken, er schaffte es nicht. Das bedeutete, dass morgen ein harter Tag werden würde.

Das Mondlicht schien hell, und die Sterne funkelten hoch oben am Nachthimmel. Er versuchte, nicht nachzudenken, aber seine Gedanken wanderten zu der riesigen Ranch in Idaho, wo er allein in der Weite gewesen war. Dann kehrten seine Gedanken zurück zu seinem Leben ... dem Leben, über das er nur schwer nachdenken, das er nur schwer hinter sich lassen und über das er nur schwer hinwegkommen konnte.

Pace hatte ihm gesagt, er müsse einen Schritt nach vorn wagen, den Schmerz hinter sich lassen und sich an die guten Zeiten erinnern. Er musste die Familie, die er verloren hatte, nicht vergessen, aber er konnte nicht zulassen, dass seine Vergangenheit seine Zukunft definierte.

Und als er mit seinem Kaffee auf der Veranda saß – Kaffee, den er um elf Uhr abends nicht trinken sollte, dem er aber nicht widerstehen konnte. Besser Kaffee als Alkohol. Es hatte eine Zeit gegeben, in der er die falsche Getränkewahl getroffen hatte, eine Zeit, in der der einzige Weg, seiner Vergangenheit zu entkommen, darin bestanden hatte, zu trinken, bis sein Verstand nicht mehr funktionierte. Aber Gott sei Dank hatte er das überwunden und den Alkohol durch Kaffee ersetzt.

Kaffee störte seinen Schlaf nicht. Es gab zu viele andere Dinge, die seinen Schlaf störten, also konnte er es nicht auf den Kaffee schieben.

Aber in diesem Moment, als er zum Himmel hinaufblickte, zu diesem wunderschönen hellen Mondlicht und den funkelnden Sternen, sah er nur die Zeit, in der seine verlorenen Träume sein Herz und seine Gedanken erfüllt hatten. Als er Pläne für sein Leben gehabt hatte. Pläne für eine Frau und eine Familie, die er niemals haben würde.

Sein schmerzendes Herz hatte sich etwas erholt, doch wer das erlebt hatte, was er durchgemacht hatte, wusste, dass der Schmerz nie ganz verschwinden würde. Er wusste, dass Pace ihm erzählt hatte, dass es in Mule Hollow einige Cowboys gab, die wirklich schweres Leid durchgemacht hatten, und dass es ihm helfen könnte, wenn er mit ihnen redete. Aber es war zu persönlich, also saß er allein da, starrte gen Himmel und versuchte, das genug sein zu lassen.

Aber heute Abend war es nicht genug.

Als er aufstand, nahm er seine Kaffeetasse, ging über den mondbeschienenen Hof in Richtung des Paddock, in dem jetzt keine Pferde standen, sondern ein einsamer Stier. Er kam an den Zaun, und dort stand Mammoth, der riesige schwarze Bulle. Sie beäugten einander.

„Wie geht's dir heute Abend, Großer?"

Der riesige Bulle schnaubte und scharrte im Dreck, doch anstatt anzugreifen, trottete er langsam auf Luc zu.

Luc verspürte dieses Bedürfnis, das er schon oft verspürt hatte, und hätte beinahe das Tor geöffnet, um hineinzugehen.

Er wollte den Stier provozieren, wollte, dass er sich auf ihn stürzte. Aber er tat es nicht. Er konnte nicht zulassen, dass der Stier ihm das Leben nahm, egal wie sehr er das zu Anfang gewollt hatte.

Als er nach Idaho gegangen war, um sich vor allem zu verstecken, war Pace da gewesen und hatte ihm gesagt, dass Gott in seinem Leben wirken und es verändern würde, er müsse es einfach zulassen. Er durfte nicht an seinen Schmerz denken und musste andere an die erste Stelle setzen.

Andere ...

Dieser Schmerz, dieses Pochen in seinem Bauch, tief in seinem Herzen. Dieses Ziehen, das wütend werden und rebellieren und Gott anschreien wollte, dass Er seinen Vater, seine Mutter oder seine Schwester hätte retten können – aber es nicht getan hatte. Warum?

Er seufzte, ließ seinen Kopf auf seine Arme sinken, die er auf das Metallgeländer gelegt hatte. Seine Hände waren gefaltet, aber er betete nicht. Er versuchte nur zu begreifen, warum sie alle bei diesem schrecklichen Unfall ums Leben gekommen waren. Gott könnte es wissen, aber er würde es nie erfahren oder verstehen.

Plötzlich spürte er warme Luft an seinen Händen und blickte auf, spürte Feuchtigkeit in seinen Augen, Tränen, die er nicht zulassen wollte, doch in manchen Momenten nicht zurückhalten konnte. Als er seinen

Blick hob, starrte er in Mammoths schwarze Augen.

„Ich bin auch nicht so tough, wie ich aussehe. Lass uns einen Deal machen. Ich werde dir helfen, dich zu beruhigen, damit du rausgehen und wieder frei sein kannst. Ich werde dir helfen, und vielleicht hilft Gott mir auch, mich irgendwie wieder frei zu fühlen. Wenn ich es zulassen kann. Ich weiß es nicht, aber wenn ich einen Tritt in die Magengrube brauche, dann tu es. Aber ich werde dafür sorgen, dass du das keinem anderen antust. Wenn jemand einen Tritt von dir verdient, dann ich. Also fangen wir mit der Arbeit an, aber ich habe morgen ein Rodeo, also machen wir das am Sonntag nach der Kirche. Du und ich, Kumpel. Jetzt hab eine gute Nacht und einen ruhigen Tag morgen – und danke, dass du mir diesen Blick zugeworfen hast."

Er öffnete seine Hand und streichelte den Kopf des Stiers. Er war ein zäher Brocken. Das hatte Luc auch einmal von sich gedacht. Aber das Leben hatte ihm gezeigt, dass er es nicht war.

Er wusste jetzt, dass es eine Macht gab, die größer war als er. Eine Macht, die er nicht ganz verstand.

Eine Macht, die ihn am Leben gelassen hatte, und er wusste nicht warum.

Wieso er?

In dieser kurzen Zeit auf dieser riesigen Ranch, wo sie zusammengearbeitet hatten, hatte Pace ihm in die Augen geblickt und ihm gesagt, dass was passiert war, nicht seine Entscheidung gewesen war. Seine Familie war gestorben, und er hatte überlebt – den Grund würde er nie erfahren, was er daraus machte, lag in Lucs Händen.

Pace, der stille Einsiedler, der Jesus in sein Herz gelassen und schließlich erkannt hatte, dass er seine Erfahrungen mit anderen teilen musste. Also war er aus seinem Versteck gekommen und hatte Luc gesagt, dass Gott auch einen Plan für ihn hatte.

Luc hatte ihm nicht geglaubt. Wie konnte Gott einen Plan für ihn haben, wenn er keinen Weg aus der Trauer finden konnte?

Doch schließlich, nach einem weiteren Anruf von Pace, war Luc nach Mule Hollow gekommen; die Einsamkeit hatte ihn dazu getrieben, einen neuen Weg zu suchen.

Wenn Gott einen Plan für ihn hätte, wäre er bereit, denn sich allein zu verkriechen und zu trauern war nicht der Weg, seine Familie zu ehren.

Und seit er nach Mule Hollow gekommen war, hatte er sich größtenteils integriert und hatte zumindest mehr Leben, als er seit Jahren gekannt hatte. Bis heute Abend hatte er geglaubt, er habe ein neues Leben gefunden. So schwer hatte die Trauer ihn jedoch schon lange nicht mehr getroffen.

Warum war heute Abend so anders? Er drehte sich um, ging zurück zum Haus und blickte zu den Sternen auf.

Warum war er hier? Und warum sah er die funkelnden blauen Augen seiner neuen Nachbarin, wenn er zum Himmel aufblickte?

KAPITEL ELF

„Das wird ein toller Abend", sagte Esther Mae grinsend und rieb sich die Hände.

Izzy versuchte, nicht in Panik zu geraten. Sie hatte zwei harte Tage hinter sich, wissend, dass das kommen würde, aber sie hatte Tate, Lacys kleinem Sohn, versprochen, dass sie es tun würde, und sie würde ihn stolz machen. Falls er sich an sie erinnerte und daran, worum er sie gebeten hatte.

Er musste erst ein paar Minuten zuvor daran gedacht haben, als sein Vater den kleinen Kerl auf einem Schaf hatte reiten lassen und Tate dafür gesorgt hatte, dass sie ihn beobachtete. Das war es, was er heute tat, nicht mit einem Schwein ringen. Izzy sollte ein Schwein fangen, vielleicht damit ringen, sich wahrscheinlich im Schlamm wälzen, da sie die Arena dafür nass machten – vielleicht würde sie sich im Kuhdung wälzen. Sie war sich nicht sicher, was passieren würde. Und das verschmitzte Leuchten in

Esther Maes Augen half auch nicht.

„Ach, komm schon, du weißt, dass du da rausgehen wirst und die Panik in deinen Augen verschwinden wird", sagte Norma Sue, als sie ihre Hand ausstreckte und ihr auf die Schulter klopfte – das sollte wohl aufmunternd sein, doch es war eher ein Klaps, um sie vorzubereiten. Zugegebenermaßen brauchte sie das, denn sie war noch lange nicht bereit.

Sie sah Norma Sue an. „Danke, Norma Sue. Ich wünschte, ich hätte deinen Mut. Den ganzen Tag haben heute alle im Salon darüber gesprochen, was für eine tolle Rancherin du bist. Dass du und dein Ehemann Roy Don schon auf dieser Ranch gearbeitet habt, als Lacys Schwiegervater noch gelebt hat. Sie sagten, ihr seid beide fantastische Rodeoreiter."

Norma Sues Lächeln breitete sich auf ihrem pausbäckigen Gesicht aus, und sie neigte ihren lockigen grauen Kopf zur Seite, als sie ihre Hand auf ihr Herz legte. „Oh ja, Liebes. Ich habe für meine Rodeo-Tage gelebt. Dafür, eine Kuh zu fangen, sie zu Boden zu werfen und ihre Beine zusammenzubinden, nachdem ich von einem Pferd gesprungen war und sie umgedreht hatte. Ja, du schaust jetzt auf meine Figur und fragst dich, wie um alles in der Welt ich das geschafft habe. Man kann es jetzt vielleicht nicht erkennen, aber ich hatte früher starke Muskeln. Und mein Mann – dieser Mann konnte mit dem Lasso umgehen, reiten und vom Rücken eines Pferdes springen, um den Wettbewerb zu gewinnen, bei dem es darum ging, die Hufe zusammenzubinden. Es gab keinen besseren Cowboy als meinen Mann. Aber heutzutage spielt er den Ansager und unterhält alle. Und dann, keine Sorge, da draußen werden Cowboys auf dem Rücken einiger schneller Pferde sein, die dich retten oder beschützen, wenn du es brauchst. Wenn du zufällig von einem wildgewordenen Ferkel angegriffen wirst, mach dir keine Sorgen, jemand wird den Tag retten. Ich denke jedoch, dass du es ganz großartig machen wirst. Heb den Arm und lass mich deine Muskeln sehen."

Izzy lachte und konnte nicht anders, als sie ihren dünnen Arm hob und ihn anspannte, sodass die wenigen Muskeln, die sie hatte, hervortraten. „Nicht viel, aber ich werde es schaffen. Vielleicht tut es mir ja gut."

„Das ist das Lächeln, das ich sehen wollte. Hör auf, negativ zu sein. Sei positiv, geh da raus und amüsier dich. Glaub mir, Rodeo macht Spaß. Manche Leute lieben es wegen des Wettbewerbs, aber andere, wie ich, lieben es einfach wegen der Herausforderung und um des Spaßes willen. Es gibt nichts Schöneres, als deine Kraft zu nutzen, um was zu schaffen, eine Kuh umzuwerfen oder ein anderes Ziel zu erreichen. Das Einzige, was besser ist, ist, meinen Mann einzufangen und ihm einen dicken Kuss auf die Lippen zu drücken." Sie zwinkerte und grinste.

Alle lachten, Esther Mae, Lacy und sogar Adela, die abseits stand und alles mit ihrem sanften Gesichtsausdruck und diesen Augen, die alles sahen, beobachtete.

„Ja", fügte Esther Mae hinzu. „Das Leben kann ein Abenteuer sein. Alle möglichen Abenteuer, aber Gott hat es so geschaffen, dass wir Prüfungen durchmachen müssen, aber auch Spaß haben können. Also, meine Liebe, lass es dir gutgehen. Viel Spaß! Und ich denke, dir werden die beiden Cowboys gefallen, die gerade die Arena betreten haben, um auf die Ferkeljäger aufzupassen."

Sie war sich nicht sicher, wie sie das alles verarbeiten sollte, als die Frauen versuchten, sie zu ermutigen. Dann drehten sich Norma Sue, Esther Mae und Adela um und gingen lächelnd davon, während sie zur Tribüne gingen, wo sie von der Mitte aus der Jagd auf die Ferkel zusahen. Eine großartige Aussicht, hatten sie ihr gesagt, wo sie alles sehen und mitfiebern konnten.

Sie konnte in der Arena nichts sehen, also sah sie die grinsende Lacy und Molly an, die da war, um einen Artikel zu schreiben. Ihre Augen glänzten.

„Was ist so lustig, und warum hat sie das gesagt? Wer ist da draußen?"

Molly tippte mit dem Finger auf ihre verschränkten Arme. „Nun, sagen wir einfach, ich muss danach einen Artikel schreiben und freue mich auf alles, was da draußen passiert. Meine Leser lieben diese Rodeos, besonders diese Ferkeljagd, weil man nie weiß, was passieren wird. Und über wen sie gesprochen haben, nun, du wirst schon sehen, wirf einfach einen Blick durch den Zaun zum unteren Ende. Und dann geh da raus und hab Spaß. Meine süßen kleinen Jungs warten auf mich, zusammen mit Stacy, die auf die Kinder aufpasst, während ihre Eltern damit beschäftigt sind, hier mitzuhelfen. Stacy ist unglaublich. Als sie vor ein paar Jahren in diesem Van aus Kalifornien hierhergekommen sind und die damals so verschlossene Stacy ausgestiegen ist und ihr kleines Baby getragen hat, hätte keiner von uns jemals geglaubt, dass sie die beste Kindergärtnerin der Welt sein würde. Sie bringt ihr Talent für uns sogar zu den Rodeos, während wir unser Ding machen. Ihr Ehemann, der genauso ein stiller Typ ist wie sie, wacht über alle, bis er auch beim Rodeo gebraucht wird. Er ist ein toller, ruhiger Cowboy. Gott hat uns an dem Tag gesegnet, als diese Gruppe in diesem Van angekommen ist. Du musst Rose kennenlernen, die auch in diesem Van hergekommen ist. Sie und ihr süßer Max. Max ist ein großartiger junger Mann, und alle jungen Mädchen sind in ihn verknallt. Du wirst es gleich sehen. Aber ich lenke uns von unserem Thema ab, doch ich denke, du hast ein bisschen Ablenkung gebraucht. Ich habe gehört, dass du rübergegangen bist und Max und Rose in ihrem Laden getroffen hast."

„Ja, das habe ich, und er ist ein gutaussehender junger Mann, der sich auf sein Geschäft konzentriert. Meine süßen Großmütter haben über ihn gelesen, damals, als er aus dem Van gestiegen ist, der ihn und seine Mutter und die anderen Frauen und Kinder aus Kalifornien nach Mule Hollow gebracht hat." Sie lächelte und dachte an ihre Großmütter. „Sie hatten gehofft, dass er Liebe finden würde, aber sie haben nicht lange genug gelebt, um es zu sehen. Doch er meint es ernst mit seinem Geschäft. Und seine Mutter und ihr Cowboy passen so gut zusammen! Eine himmlische Verbindung mit ein bisschen Hilfe der Kupplerclique von Mule Hollow." Sie lächelte, als sie daran dachtet. Es war, als würden ihre Großmütter wegen ihrer Gedanken auf sie herablächeln. „Ich esse seit Jahren Kaktusfeigengelee auf meinem Toast, das sie extra bei ihnen bestellt haben."

„Oh, das ist wunderbar! Okay, ich gehe besser. Du, gib dir Mühe da draußen." Molly lächelte und machte sich auf den Weg.

Lacy hatte sie reden lassen, und nun meldete sie sich zu Wort und konzentrierte sich auf Izzy. „Molly liebt ihr Leben hier, und das spürt man in ihren Artikeln. Offensichtlich haben sie deinen Großmüttern gefallen. Mir gefällt, wie sehr sie Max ins Herz geschlossen haben. Er hat beschlossen, überall in Texas weitere Geschäfte aufzubauen, und ihr erstes neues öffnet seine Türen in einer Kleinstadt namens Dew Drop, Texas. Sie haben so viele große Fans da draußen. Die Besitzerin des Spotted Cow Café dort liebt das Gelee und hat angefangen, es zu bestellen und im Diner an diejenigen zu verkaufen, die es gekostet und sich verliebt haben. Es ist eine Viehstadt wie Mule Hollow. Sie werden den Laden in ein paar Monaten eröffnen. Max ist so aufgeregt, dass er vielleicht in ganz Texas Läden für sein Gelee eröffnen wird."

„Das würde meine Großmütter glücklich machen. Du hast gesagt, er reitet auch?"

„Ja, das tut er. Er ist Cowboy geworden, wie alle Männer in der Stadt. Er ist gut und kann es mit den Besten aufnehmen. Wie auch immer, jetzt, wo du abgelenkt bist und dich ein bisschen beruhigt hast, werde ich zu Molly gehen und überlasse dich den Ferkeln – ich meine, deinem Wettkampf." Sie grinste, und ihre blauen Augen tanzten. „Du schaffst das schon, aber vergiss nicht, dich zu amüsieren." Dann winkte Lacy mit ihren langen Fingernägeln und ging in die gleiche Richtung davon, in die Molly verschwunden war.

Und Izzy, sie stand wieder da und blickte auf die Arena, die bald voller rennender, quiekender, eingefetteter Ferkel sein würde – von denen sie mindestens eines fangen sollte.

Oh, liebe Großmütter, wenn ihr jemals gedacht habt, ich würde euch vielleicht nicht lieben oder nichts für euch tun – nun, das sollte das Gegenteil beweisen.

Luc saß im Sattel seines Pferdes, das sich wie eine Ballerina zwischen den Kühen bewegte und so schnell auf den Hufen war. Und hier war ein Haufen Frauen, die alle den Verstand verloren hatten. Er blickte zu Max hinüber, und der junge Cowboy grinste. Der Altersunterschied von zehn Jahren war deutlich zu erkennen. Dieser Junge wollte sich amüsieren.

„Also wirst du sie retten, wenn sie deine Hilfe brauchen?"

Max grinste zu ihm hinüber, seine Augen leuchteten. „Sicher. Du musst dir dieses Fiasko ansehen. Ich habe es miterlebt, seit ich mit sechzehn hier angekommen bin. Es ist unglaublich, das mitanzusehen. Diese kleinen Ferkel werden den Frauen nichts tun. Meistens stolpern sie über ihre eigenen Beine in den Schlamm, vielleicht rennt dann ein Ferkel über sie, um zu entkommen."

Er lachte, während er sprach. „Es ist nicht so, dass es ein großes altes Schwein oder ein wütender Bulle ist. Es sind kleine, runde Ferkel. Sie wiegen fast nichts. Der Schlamm ist gefährlicher als die Ferkel, und ja, wir müssen reingehen und sie aus dem Schlamm hervorziehen. Mach dir keine Sorgen. Ich weiß, was zu tun ist. Ich habe das zwei Jahre hintereinander gemacht, und es hat Spaß gemacht."

„Spaß." Luc war sich nicht so sicher, aber Max schien es zu gefallen.

„Ja, ich bin nicht auf der Suche nach was Festem, aber es gibt da draußen ein paar süße Mädchen, die es auf mich abgesehen haben. Sie bitten mich, mit ihnen zu tanzen, und ich gehe mit ihnen aus und tanze, aber das bedeutet nicht, dass ich nach Liebe suche. Einige dieser Mädels sind da draußen, weil sie wie ich einfach nur Spaß haben wollen und nicht nach Liebe suchen. Aber die meisten von ihnen wollen einen Ehemann, und ich versuche, mich von denen fernzuhalten. Aber sie werden alle möglichen verrückten Dinge tun, um meine Aufmerksamkeit zu erregen, die mich in den Wahnsinn treiben, weil sie denken, dass ich mich verlieben und all meine Pläne ändern werde." Er lachte, und seine Augen tanzten.

„Wenn ich sie mir jetzt ansehe, sind sicher drei dabei, die sich im Schlamm wälzen werden, bis ich komme, um sie zu retten. Also, ja, wenn du die drei da drüben siehst. Die kleine Rothaarige und die pummelige Blondine und das schwarzhaarige Mädchen, die in den bunten Cowgirl-Stiefeln und den glitzernden Jeans dicht beieinander stehen, also ja, die warten auf mich. Wenn du sie also im Schlamm rumrollen siehst, überlass sie einfach mir. Ich will nicht, dass sie sich an dich hängen, weil es schwer ist, sie wieder loszuwerden. Sie kommen zu allen Events, die wir veranstalten."

„Kein Witz?"

„Kein Witz. Aber die da drüben, falls du auf der Suche nach Liebe bist, die sind älter als die, die ich dir gerade gezeigt habe, also könnte die glückliche Frau da draußen sein, und die kannst du gern haben."

Luc war sprachlos. „Das interessiert mich auch nicht. Die Organisatorinnen haben mich nur gebeten, mitzuhelfen."

Max lachte. „Diese Kupplerinnen haben dich aus einem bestimmten Grund ausgewählt. Mich auch."

Heiliger Kuhfladen – deshalb hatten diese drei ihn gebeten zu helfen. Sie wollten ihn verkuppeln. Sein

Gehirn brodelte vor glühender Hitze, die nichts mit der Anziehung zu irgendjemandem zu tun hatte. Er war schon wieder auf ihre Spielchen hereingefallen. Aber zumindest musste er seiner Nachbarin nicht beim Versuch helfen, ein Schwein fangen zu lernen.

Sein Blick landete in diesem Moment auf Izzy, die am Rande der Wartenden stand. Sie gab sich alle Mühe, den Eindruck zu erwecken, als wäre sie nicht nervös, aber eines wusste er mit Sicherheit: Sie wollte nicht, dass er kommen musste, um ihr aus der Patsche zu helfen. Aber ob er es wollte oder sie nicht wollte, wenn sie ihn brauchte, würde er da sein.

Er würde auch für den Rest da sein. Allerdings war das Mule Hollow, also waren die zwölf Mädels neben Izzy, die vorhatten, mit einem fettigen Ferkel zu ringen, wahrscheinlich auf der Suche nach mehr: auf der Suche nach einem Ehemann.

Sein Kopf drehte sich bei diesem Gedanken. Um sich abzulenken, konzentrierte er sich auf die Ferkel. Was er noch nicht gesehen hatte und worüber er nicht sicher war, war, wie groß sie sein würden, wenn das Tor aufflog.

Außer Izzy war er der Einzige, der sich das fragte, denn die jungen Frauen, die den gutaussehenden Jungen neben ihm anstarrten, dachten definitiv nicht an Ferkel. Der große, schlanke Max war attraktiv, und diese Mädels waren definitiv hier, um Max' Aufmerksamkeit zu erregen. Aber es waren mehr als die drei oder vier, von denen Max wusste, dass sie ein Auge auf den jungen Cowboy hatten.

Luc wollte Max seinen Spaß lassen, während er auf alle aufpasste. Sein Blick fiel auf Izzy – die entschlossene Izzy. Er wusste mit Sicherheit, dass keine hier hübscher war als sie. Oder entschlossener aussah.

Plötzlich wurde ihm klar, dass, wenn irgendjemand da draußen entschlossen war, ein eingefettetes Ferkel zu fangen, egal wie groß es war, diese Frau Izzy war. Sie war hartnäckig und hatte Ausdauer. Wenn er einspringen würde, um sie zu beschützen, würde sie wahrscheinlich wütend werden.

Er würde sich also nicht einmischen, wenn es nicht unbedingt nötig wäre. Und als sein Blick über die anderen Frauen schweifte, hatte er das Gefühl, dass auch er beobachtet wurde.

Es waren mindestens vier Frauen da, deren Blicke wie die eines Jägers auf ihn gerichtet waren. Das würde ein wilder und verrückter Abend werden … anders konnte er es nicht beschreiben …, und er konnte nicht weg.

KAPITEL ZWÖLF

Die Show begann gerade, als Sheriff Brady in die Mitte der Arena trat.

Über den Lautsprecher rief Roy Don, Norma Sues Ehemann: „Okay, Ladys, Sheriff Brady wird euch allen zuwinken, damit ihr euch fertig macht, und dann wird er hinter den Zaun gehen, damit ihr alle mit dem Rodeo anfangen könnt. Aber ich wollte nur sagen, wenn ihr einen Cowboy braucht: Wir haben diese beiden, die jetzt nach vorn reiten werden." Er winkte Max und Luc zu und fuhr dann fort. „Sie werden euch helfen, wenn ihr sie braucht. Also, viel Glück, meine Damen, die Ferkel werden gleich kommen, also schnappt euch eins! Es gibt eins oder zwei für jede von euch, und auch wenn eins davonkommt, da draußen sind noch mehr. Also, viel Spaß und los geht's!"

Sheriff Brady winkte den Teilnehmerinnen mit einer Hand zu, dann war das ihr Zeichen, weiter nach vorn zu kommen. Also machten sie sich auf den Weg in diese Richtung. Eine neben der anderen auf der anderen Seite der großen Arena.

Wow, keuchte sein Verstand, als er sah, wie Applegate Thornton und Stanley Orr die Arena betraten. Dann griff App nach der Stange, war bereit, sie hochzuheben und die eingefetteten Tiere in die Arena zu lassen, während Stanley sie weiterwinkte.

Sheriff Brady sah die grinsenden alten Männer an, dann die Frauen, als er nahe an den Zaun trat, seine Hand hob und lächelnd sagte: „Lasset den Spaß beginnen!"

Er zog sich zurück, als Applegate das Tor aufriss und die eingefetteten kleinen Ferkel in die vermeintliche Freiheit rannten. App und Stanley lachten und wedelten mit den Armen, um dafür zu sorgen, dass die kleinen Tiere auf die Frauen zustürmten.

Luc wusste nicht genau, was er tun sollte, denn es war eine wilde Szene, als die Ferkel auf die Frauen zu rannten – warum in aller Welt rannten sie auf sie zu und nicht von ihnen weg? Dann fiel ihm ein, dass die Frauen auf dem Weg in die Arena ihre Hände in etwas tauchen mussten. Süßer Sirup, der die Schweine anlockte. Die Frauen würden also nicht nur fettig und schlammig sein, sie würden auch stinken. Oh, wow, was für eine Nacht!

Sein Blick schoss zu Izzy, die fassungslos aussah, als drei Ferkel – die größten im Haufen – auf sie zustürmten. Er musste sich davon abhalten, sein Pferd zum Handeln zu drängen, schaffte es aber, sich zurückzuhalten. Gut, denn er sah, dass sie bereit war, sich eins zu schnappen. Bereit, doch sie musste sich nur noch für eines entscheiden, auf das sie sich stürzen wollte, bevor es um sie herum rannte.

Sein Blick schoss zu den anderen Frauen, die alle strahlten, als hätte die Party angefangen – sie hatten das schonmal gemacht. Sein Blick kehrte zu Izzy zurück, als sie nach einem der Schweine hechtete. Sie hechtete tatsächlich darauf zu, packte es am Hals und sofort riss das kleine Muskelbündel sie zu Boden, sprang auf sie, rannte über sie hinweg, und da lag sie.

Auf der anderen Seite der Arena ertönte wildes Geschrei, das seinen alarmierten Blick in diese Richtung lenkte – da waren Frauen und Schweine, die rannten, sich suhlten und vor Freude quiekten. Dort wo Max war, wälzten sich vier Mädels lachend und schreiend im Schlamm, traten mit ihren bunten Stiefeln um sich und warteten darauf, dass Max zu ihrer Rettung eilte.

Max saß nur im Sattel, die Handgelenke über dem Sattelhorn gekreuzt, und lachte, während er sich das Spektakel ansah. Diese Frauen hatten Spaß, daran bestand kein Zweifel.

Sein Blick kehrte zu Izzy zurück, die jetzt auf Händen und Knien war, schlammig wie ein Ferkel, das sich gerade im Schlamm gesuhlt hatte. Ihre Augen funkelten, und auf ihrem Gesicht war kein Lachen zu sehen, es war Wut. Sie sprang auf, warf einen Blick in seine Richtung, dann zu mehreren der kleinen, fettigen Schweinchen, und dann stürmte sie los.

Er lachte über ihren rasenden, aggressiven Sprint durch die Arena, während die gesamte Tribüne voller Zuschauer vor Lachen brüllte. Dann warf sie ihren kleinen Körper mit ausgestreckten Armen in die Luft ... und landete auf dem größeren Ferkel. Sie packte es um den Hals, drehte sich auf den Rücken und stemmte die Füße des Schweins direkt in die Luft. Das Ferkel quiekte und wand sich, strampelte mit den Beinen gen Himmel, während sie es festhielt. Aber irgendwie schaffte es das Ferkel, sich zu drehen und trat ihr in den Bauch – oder in die Brust – und da trieb Luc sein Pferd an, weil er ihr Gesicht gesehen hatte.

Er hatte den Schmerz gesehen, als sie getreten worden war. Sie ließ das kleine Biest los, und das Schwein rannte davon. Aber Izzy lag vollkommen schlaff im Schlamm, und er konnte sie nicht so dort liegen lassen.

Er ritt auf sie zu, als würde er einem entlaufenen Kalb folgen, sprang aus dem Sattel, kurz bevor das Pferd sie erreichte, warf die Zügel über den Hals des Pferdes und glitt auf den Knien durch den Schlamm. Er hob ihren Oberkörper aus dem Schlamm und hielt sie sanft. Ihre erstaunlichen Augen begegneten seinem Blick, als sie zu ihm aufblickte und darauf wartete, dass die Luft wieder in ihre Lungen zurückkehrte.

Er legte sanft seine Hand auf ihre Brust. „Ganz ruhig, es wird gleich besser. Glaub mir, ich war dort, wo du jetzt bist. Du kannst gleich wieder durchatmen, mach nur langsam. Hol einfach ein paarmal Luft, dann kommt es von selbst." Und dann, als sich ihre Lungen plötzlich ganz gefüllt hatten, keuchte sie, hickste und grunzte.

Und er grinste, als sie noch einmal tief einatmete und ihre Augen weiter auf ihn gerichtet ließ.

Er tätschelte ihr sanft den Rücken und versuchte, ihr beim Atmen zu helfen. Langsam holte sie ein zweites Mal tief Luft. Er zog sie näher an seine Brust, und als ihre Schulter sein Herz berührte, war es, als wäre ein Blitz eingeschlagen.

Konzentrier dich, Luc! „Komm schon, das passiert, alles ist gut. Bleib einfach entspannt, Izzy. Du kannst das. Und denk daran, du hättest es fast gehabt. Wenn es nicht eingefettet gewesen wäre, wäre es deins gewesen." Er spürte, wie sie leichter atmete, als sie ihren Kopf an seine Schulter lehnte und zu ihm aufsah.

Und er kämpfte gegen das plötzliche Bewusstsein an, das ihn in die Brust traf.

„Ich will kein Schwein. Ich hätte Nein sagen sollen. Was für ein Idiot ich doch war!"

Er konnte seinen Blick nicht von ihr abwenden und wollte ein Lächeln auf ihrem besorgten Gesicht sehen. „Aber denk nur daran, wie deine Großmütter oben im Himmel lachen und dich anfeuern. Sie wissen, dass du dir Mühe gegeben und es für sie getan hast. Und sie wussten, dass du atmen würdest, also denk dran, Izzy Cranberry, du hast ihnen einen tollen Abend beschert."

Plötzlich traten ihr Tränen in die Augen, und sie keuchte: „Oh mein Gott, du hast recht." Ihre Worte zitterten ebenso wie ihre hübschen Lippen, und sie schloss die Augen. „Warum, was denke ich? Ja, du hast recht, darum bin ich hier, und darum geht es. Dass Grammy und Gram einen schönen Abend haben."

Ihre Augen öffneten sich wieder, und die Traurigkeit war verschwunden und freudige, fröhliche, glückliche, erstaunlich blaue Augen begegneten seinen, und ihm gefiel, was er sah.

Diese Frau war wunderschön, und sie erfüllte den beiden Menschen, die sie so sehr geliebt hatte, einen Traum. Und in seinem tiefsten Herzen wünschte er, er könnte das auch tun.

„Ja, sie haben einen tollen Abend und du auch, denke ich."

Sie legte ihre Hand an sein Handgelenk und tätschelte es. „Ich hätte das früher sagen sollen, und ich meine es, wenn ich es sage: Danke! Danke für alles, was du seit unserer verrückten ersten Begegnung getan hast. Du hilfst meinen Großmüttern, einen tollen Abend zu haben. Denn ob ich es zugeben will oder nicht, du bist mein Held, und ich weiß, dass sie es genossen haben, zuzusehen, wie du durch die Arena galoppiert bist, um mich zu retten. Ich habe es nicht gesehen, aber nur so kannst du so schnell zu mir gekommen sein. Du bist wie ein Champion geritten, vom Pferd gesprungen und mir zu Hilfe gerutscht. Und genau das wollten sie sehen. Danke, dass du ihren Traum wahr gemacht hast."

Und dann wurde sie zu seinem Entsetzen ohnmächtig, erschlaffte in seinen Armen, und ihr Kopf sank an sein Herz.

KAPITEL DREIZEHN

Sie erwachte in den Armen des Cowboys, der sie gerettet hatte. Des Cowboys, von dem sie wusste, dass ihre Großmütter glücklich über ihn waren. Sie blinzelte, als sie in seine besorgten Augen sah. „Ich weiß nicht, warum …"

„Ich weiß es auch nicht, aber du bist ohnmächtig geworden, und ich bin froh, dass ich da war. Die Sanitäter sind jetzt auch da, also werde ich dich auf die Trage legen, und sie werden dich zum Krankenwagen bringen, nachdem sie einen Blick auf dich geworfen haben. Also bleib einfach ruhig, hoffentlich ist alles okay. Ich hoffe, du warst nur ein bisschen überwältigt von allem." Er lächelte sie an. „Der Wunsch deiner Großmütter, dass du von einem Cowboy gerettet wirst, ist auf jeden Fall in Erfüllung gegangen."

Sie konnte sich ein Grinsen nicht verkneifen, als sie das Funkeln in seinen Augen sah, wohl wissend, dass er nur versuchte, sie zu beruhigen.

„Ja, ich habe der Geschichte sogar eine besondere Note hinzugefügt, indem ich in den Armen des Helden ohnmächtig geworden bin."

Er nickte. „Das denke ich auch, ich bin froh, zu der Show beitragen zu können. Jetzt werde ich dich auf die Trage legen, und wir werden sehen, was los ist. Keine Sorge."

„Das siehst du vollkommen richtig, wir haben ihnen definitiv eine gute Show geliefert." Ihre Worte waren leise und atemlos, und sie konnte nichts dagegen tun. Sie sagte sich, dass es an dem Chaos lag, das in ihr tobte, weil das kleine Schwein genau an der richtigen Stelle getroffen hatte, um ihr den Atem zu rauben. Verrückt – es hatte nichts damit zu tun, wie seine Augen leuchteten, wenn er sie ansah, oder mit der süßen Art, wie er über ihre Großmütter sprach.

Besorgt und da sie nicht wieder ohnmächtig werden wollte, wandte sie ihren Blick von seinem ab und konzentrierte sich auf die Sanitäterin, die sie anlächelte. Auch der Mann, der zu ihren Füßen kniete. In diesem Moment legten sie sie behutsam auf die Trage.

„Jetzt entspannen Sie sich einfach und wir sehen, was los ist", sagte die Rettungssanitäterin, während sie ihr Herz abhörte.

Izzy betete, dass mit ihrem Herzen alles okay war, aber um sicherzugehen, behielt sie die Frau im Auge und weigerte sich, ihren Blick dorthin zurückschweifen zu lassen, wohin er wollte: zu dem Cowboy, der immer noch an ihrer Seite kniete und sich versicherte, dass es ihr gutging, und der ihre Großmütter oben zum Lächeln brachte.

Nachdem sie ein paar Minuten lang untersucht worden war und alles in Ordnung war, erlaubten sie ihr, sich aufzusetzen, und halfen ihr dann beim Aufstehen. Gott sei Dank trat Luc zurück und überließ dem Rettungssanitäter-Duo die Kontrolle … was bedeutete, dass sie weder seine Berührung spüren noch ihm in die Augen sehen musste.

Wie durch ein Wunder blieb sie stabil, so wie sie sein sollte.

„Okay", sagte die Rettungssanitäterin. „Sie können hierbleiben, wenn sie wollen, und das Rodeo kann weitergehen. Ich denke jedoch, dass Sie nicht wieder in die Arena gehen sollten, um ein Ferkel zu fangen." Sie lächelte und tätschelte ihr den Arm, während der Mann ihr das Reden überließ und dabei alles einpackte.

„Danke", sagte Izzy. „Ich gehe da nicht mehr rein, also keine Sorge. Ich bin kein Farmer, kein Rancher, kein Fänger von irgendwas und auch keine Rodeokönigin. Ich war nur die Unterhaltung für den Abend."

„Wie ich. Ich arbeite nur hier und mache nicht mit, aber ich sehe viele Leute, die Spaß dabei haben und sich danach amüsieren … und sogar heiraten. Viel Glück für Sie und …" Sie beugte sich vor. „Vielleicht sollten Sie sich von diesem gutaussehenden Cowboy, der zu Ihrer Rettung geeilt ist, helfen lassen, nach Hause zu kommen."

Sie sah die lächelnde Frau an. „Vielleicht will ich das nicht."

Die Sanitäterin schmunzelte. „Ich verstehe nicht, warum. Das ist ein gutaussehender Cowboy, aber besser noch, er ist ein Mann, der einem zur Seite steht. Und das ist weit mehr wert als gutes Aussehen."

Ihr Blick wanderte zu ihm, und sie musste allem zustimmen, was die Sanitäterin sagte. Er sah gut aus und war ihr zu Hilfe gekommen.

Seine Lippen verzogen sich zu einem Lächeln, und er bot ihr seinen Ellbogen an. „Ich habe kein Wort gehört, aber wenn du mir erlaubst, würde ich dich gern aus dieser schlammigen Arena hinaus begleiten und bringe dich irgendwohin, wo du dich saubermachen und dir vielleicht den Rest des Rodeos ansehen kannst, anstatt von einem wildgewordenen Ferkel getreten zu werden."

Sie lächelte und konnte es nicht verhindern. „Okay, lass uns das machen, aber …" Sie sah die jetzt grinsende Sanitäterin an. „Sie bleiben besser in der Nähe, denn wenn ich nochmal ohnmächtig werde, sind Sie mit schuld daran."

Die Sanitäterin schmunzelte. „Klar, ich werde zusehen, wie Sie und dieser Cowboy gehen, und dann mache ich mich auf den Weg. Jetzt nur zu, die ganze Arena wartet darauf zu sehen, dass es Ihnen gut geht."

Also hakte sie sich bei Luc, ihrem Cowboy-Helden, unter, und gemeinsam verließen sie unter dem Jubel der Rodeo-Fans die Arena, und zu ihrer Überraschung nahm Luc seinen Stetson vom Kopf und winkte damit der Menge zu – die mehr jubelte, als sie durch das Tor hinausgingen, das ihnen ein grinsender Applegate aufhielt.

Und alle Frauen sahen schlammverschmiert und lächelnd zu, als sie gingen. Junge, was für eine Erfahrung, die sie nie wieder machen würde! Ob ihre Großmütter es wollten oder nicht, sie würde nie wieder ein eingefettetes Ferkel in einer Rodeo-Arena jagen.

Als Luc dann seinen Hut wieder aufsetzte und ihre schmutzige Hand tätschelte, die in seiner lag, konnte sie nicht anders, als zu ihm aufzublicken.

Er zwinkerte ihr zu. „Ich tue nur meine Pflicht. Geht's dir gut?"

„Oh ja, ich kann es nur nicht erwarten, mich irgendwo hinzusetzen – mit all dem Schlamm und weiß Gott, was sonst noch an mir klebt."

Er lachte. „Schon verstanden, schau, du hast Glück, da kommen die anderen – die werden dir sicher beim Saubermachen helfen."

Sie blickte auf, und da standen Lacy, Molly, Esther Mae, Norma Sue und Adela – und sofort wurde sie umzingelt und vom Cowboy weggezogen, der sie definitiv ins Wanken brachte und ihr den Kopf verdrehte.

Am Sonntagmorgen stand Luc neben Bob im Chor. Ja, als sie herausfanden, dass er eine Tenorstimme hatte und gern sang, wenn er allein draußen auf der Weide war, hatten sie ihn genötigt, dem Chor beizutreten. Es waren viele Cowboys da, aber auch einige Frauen. In der Mitte des Rudels war Lilly. Das zierliche, kurzhaarige Mädchen, das mit Cort Wells verheiratet war, hatte die Stimme eines Engels. Esther Mae und Norma Sue sangen auch, und Adela war die Pianistin, und diese kleine Lady konnte diese Tasten zum Singen bringen.

Heute sangen sie „Amazing Grace", und während er sang, zwang er sich, seinen Blick nicht zu einer gewissen Frau im Publikum schweifen zu lassen, die seine Aufmerksamkeit auf sich zog.

Er wusste genau, wo sie saß. Er wusste auch, dass sie nicht wollte, dass er sie ansah und die Gerüchteküche noch weiter anheizte, also tat er es nicht.

Sie war erst seit ein paar Tagen hier, und er konnte sie nicht aus dem Kopf bekommen. Als sie dieses Lied beendet hatten, begannen sie mit demjenigen, das seine Welt immer in Aufruhr versetzte. Bei „When We All Get To Heaven" zog sich sein Magen zusammen, und er musste sich auf den Text konzentrieren, wohl wissend, dass sie eines Tages alle wieder zusammen sein würden. Die, die er verloren hatte, und die, die er nicht besser kennenlernen wollte. Er konnte und würde niemals das Risiko eingehen, jemals wieder jemanden zu verlieren, den er liebte.

Aber dieses Lied hallte laut und deutlich: „When We All Get To Heaven." Er wusste, dass er eines Tages, egal ob sie ihn sehen wollten oder nicht, mit denen wiedervereint wäre, die er geliebt und verloren hatte. Solange er und sie alle den Herrn kannten, und das taten sie. Seine Adoptiveltern und seine Adoptivschwester hatte er bei einem schrecklichen Unfall verloren, den nur er, der Fahrer, überlebt hatte.

Wie, ja, wie konnte Gott ihm jemals helfen, solche Momente zu überstehen, in denen es ihm gut ging und der Schmerz plötzlich wie eine Betonwand in ihn einschlug?

Unfähig, es zu verhindern, wanderte sein Blick zu der schönen Frau, die ihm gegenüber in der Bank stand, und ihr Blick begegnete seinem. In ihren Augen sah er Freude, keinen Schmerz. Unfähig, etwas dagegen zu tun, hielt er seinen Blick auf sie gerichtet, als das Lied zu Ende war. Danach konnte er mit dem Rest des Chors die Bühne verlassen und zu seinem Platz gehen und Pastor Chance lauschen.

Dann bestieg der Cowboy-Prediger die Kanzel, und Luc saß in der Bank neben den anderen alleinstehenden Cowboys, doch auf wem landete der Blick des Pastors? *Auf Luc.*

„Mein Vers des Tages ist Jesaja 61,3. Gott hat ihn mir heute ans Herz gelegt, und er ersetzt das, worüber ich eigentlich sprechen wollte." Dann nickte er in Lucs Richtung. „Der Herr hat mich gesandt, damit ich alle Trauernden tröste, ihnen Schmuck bringe anstelle von Asche, Freudenöl statt Trauergewand, Jubel statt der Verzweiflung."

Lucs Herz zog sich zusammen, sprach Pastor Chance direkt zu ihm? Es fühlte sich an, als würde er in Lucs Kopf blicken, und sein Herz wusste, dass er litt. Es traf ihn plötzlich hart, hatte Pace ihm seine Geschichte erzählt?

Aber Pace hatte ihm versichert, als Luc ihm an jenem Abend am Feuer seine Geschichte erzählt hatte, dass es nicht an ihm sei, das Weiterzuerzählen, sondern dass es Lucs Sache sei, sich damit auseinanderzusetzen. Sie loszulassen und Gott damit umgehen zu lassen. Luc wusste, dass Pace nicht einmal seiner Frau von dem Schmerz erzählt hatte, den Luc erlitten hatte. Er vertraute Pace. Während er dies dachte, las Chance den Vers zu Ende und blickte dann endlich auf die Gemeinde.

Luc saß in der Bankreihe hinter Izzys auf der anderen Seite des Ganges. Als Izzy daher über die Schulter spähte und seinem Blick begegnete, verriet ihm das, dass auch sie irgendwie erkannt hatte, dass diese Worte für ihn bestimmt waren.

Er wandte den Blick ab, unfähig, ihrem standzuhalten, denn das Letzte, was er wollte, war ihr Mitleid. Er wollte nichts von ihr.

Wenn er ehrlich war, hatte er Angst vor ihr, und das traf ihn hart.

Er hatte alle, die er liebte, alle, die ihm etwas bedeuteten, in einem einzigen Crash verloren. Alle, die ihn jemals geliebt hatten, die Menschen, die ihn aufgenommen hatten, ihn geliebt hatten wie ihr eigenes

Kind. Die ihm das Gefühl vermittelt hatten, ein Teil von ihnen zu sein, anstatt gemieden und abgeschoben zu werden. Und plötzlich waren sie alle weg gewesen.

Aber Gott sei Dank kannten sie den Herrn, darum wusste er, wo sie waren. Wusste, dass er und seine Schwester sich eines Tages umarmen würden, zusammen mit ihren Eltern und Jesus.

Er unterdrückte seine Gefühle, und kaum war der Gottesdienst zu Ende, stand er auf und schaffte es schnell zum Seitenausgang. Er ging hinaus in die Sonne und direkt über die Wiese zu seinem Truck, schneller als alle anderen. Er stieg ein, ließ den Motor an und fuhr vom Parkplatz und die Straße hinunter. Unfähig, irgendjemandem den Schmerz zu zeigen, mit dem er rang.

Es war Zeit, mit seinem Bullen zu arbeiten.

Er hoffte und betete, dass Mammoth es ihm schwer machen würde. Er brauchte es.

Brauchte etwas – einen Tritt in die Magengrube. Gegen den Kopf … etwas, *irgendetwas*, das ihn von seiner Vergangenheit ablenken würde.

KAPITEL VIERZEHN

Vor der Kirche suchte Izzy nach Luc, aber er war nicht da. Sie war von Frauen und den süßesten Kindern umgeben, aber in Gedanken war sie bei Luc.

Sie hatte es gehört, als sie das Lied gesungen hatten und seine schöne Tenorstimme gezittert hatte, und seine Augen waren traurig gewesen. Sie hatte die Traurigkeit gesehen und in seiner Stimme gehört, als er sich gezwungen hatte, das Lied zu singen.

Das Lied, das ihre Großmütter geliebt hatten.

Das Lied, das sie auf beiden Beerdigungen gesungen hatte, weil sie es so gemocht hatten. „When We All Get To Heaven" war ihr Lied, und sie wusste, dass es eines Tages passieren würde und sie alle dort wieder vereint sein würden, weil sie alle den Herrn gefunden hatten, bevor sie gestorben waren. Oh, es würde ein schönes Wiedersehen mit ihnen zu Füßen des Herrn geben.

Sie hatte ihre Mutter und ihren Vater früh verloren,

und eines Tages würde sie sie wiedersehen – ihre Mutter hatte dafür gesorgt, dass sie das wusste und dass es ein Geschenk des Herrn war, im Himmel wieder vereint zu werden. Ihre Großmütter hatten sie in ihrem Gedächtnis lebendig gehalten, und allein deshalb liebte sie sie über alles. Obwohl sie kaum drei Jahre alt gewesen war, als ihre Eltern zusammen bei einem Autounfall ums Leben gekommen waren, wusste sie fast alles über sie, sogar über ihre Probleme und wie ihre Liebe ihnen geholfen hatte, alles gemeinsam zu überwinden. Bis der Unfall sie ihr genommen hatte. Und sie in den liebevollen Armen ihrer Großmütter zurückgelassen hatte. Tränen stiegen ihr in die Augen, als sie daran dachte, doch sie ließ nicht zu, dass es sie in die Tiefen der Trauer zog. Sie war gesegnet, dass ihre Großmütter sie großgezogen hatten, und wusste, dass es so viele gab, die weder in guten noch in schwierigen Zeiten diese Unterstützung und Liebe hatten. Geliebt zu werden war keine Selbstverständlichkeit, und doch nahmen viele Liebe als selbstverständlich hin.

Das würde sie nie tun. Sie war so dankbar für die kurze Zeit mit ihren Eltern und würde nie vergessen, dass sie eines Tages, wenn sie sich alle im Himmel trafen, feiern würden.

Doch vorhin, als sie Luc angesehen hatte, hatte ihn eine solche Traurigkeit erfasst, eine sichtbare Traurigkeit, die vielleicht sie als Einzige gesehen hatte, weil sie von seinem hübschen Gesicht gefangen gewesen war. Sein gütiges Herz zog sie an, egal wie sehr sie sich nicht von ihm angezogen fühlen wollte. Besonders nach gestern Abend, als er sie gerettet und festgehalten hatte ...

Und deshalb hatte sie den Ausdruck tiefer Traurigkeit und Angst gesehen und musste wissen, was es mit den schönen Worten dieses Liedes auf sich hatte, das ihm von einem Moment auf den anderen das Lächeln genommen und ihn traurig gemacht hatte, dass ihr Herz für ihn schmerzte.

Jetzt wollte ihr Herz schnell von all den lachenden, glücklichen Kindern wegkommen, die um sie und ihre Mütter herumtollten und spielten. Molly, Lacy und Rose, die Frau, die das köstliche Kaktusfeigengelee kochte und mit anderen Frauen bei ihr standen, die hier in dieser kleinen Stadt voller einsamer Cowboys ihre Liebe gefunden hatten.

War ihr Nachbar einsam? Traurig war er sicher, aber hatte diese Traurigkeit etwas mit dem zu tun, was ihm in seinem Leben fehlte?

Es waren so viele Cowboys vor der Kirche, die eine gute Zeit hatten, und es stimmte, dass es in Mule Hollow möglicherweise nicht genug Frauen gab, die all ihre Cowboys heiraten konnten, doch die Stadt schien immer noch entschlossen, die alleinstehenden Cowboys unter die Haube zu bringen.

Die Stadt blühte vor Leben und Liebe, und sie spürte es. Sie wusste, warum ihre Großmütter alles an dieser Stadt geliebt hatten. Tränen traten ihr in die Augen – sie durfte nicht weinen. Niemand hier musste sie weinen sehen. Sie blinzelte, wandte den Blick ab und wusste, dass es Zeit war, nach Hause zu gehen.

Sie musste laufen gehen. Joggen, eine lange Runde, etwas, das sie seit ihrer Ankunft nicht gemacht hatte. Sie hatte am ersten Tag eine Klapperschlange, einen riesigen Bullen und ihren Cowboy-Nachbarn getroffen. Aber Joggen war sie nicht gegangen, und heute war es dringend nötig. Beim Joggen fühlte sie Energie, ihrem Herz ging es gut, ihr Leben war gut, und sie joggte aus Freude. Es half ihr, gesund zu bleiben, und würde ihr vielleicht helfen, so lange wie ihre Großmütter zu leben. Sie hatten ihr langes Leben zum Teil deshalb gelebt, weil sie gute Gene geerbt hatten. Aber sie waren auch nicht mit Süßigkeiten, Zucker und Junk Food aufgewachsen. Nein, sie waren auf dem Land mit frischem Obst und Gemüse aufgewachsen, und das hatte ihnen geholfen. Gutes Essen, wie das, das ihre Großmütter ihr auch gegeben hatten. Das hatten sie ihr beigebracht, also versuchte sie, sich gesund zu ernähren. Mit so wenig Süßigkeiten wie möglich, aber sie hatte auch eine Vorliebe für Süßes. Genau die Süße, die ihre Großmutter wegen der Molly Popp-Artikel über Mule Hollow so geliebt hatte. Sie liebte Bananen-Taffy, liebte es, sie in den Mund zu stecken, langsam zu kauen und den fantastisch süßen Geschmack zu genießen.

Es war dasselbe, das Samantha, der Esel, auch liebte – der Esel, den sie noch treffen musste. Lilly, Samanthas Besitzerin, war im Chor und sang mit den Männern. Auf der anderen Straßenseite war der kleine

Junge, der dabei geholfen hatte, seine Mutter Molly zu retten. Und jetzt waren sie eine wunderschöne Familie, und es berührte ihr Herz. Ihre Großmütter hatten die Weihnachtsgeschichte seiner Eltern geliebt, die Samantha verkuppelt hatte. Und ja, sie verstand, dass ihre Großmütter hofften, ihr würde auch so etwas passieren, während sie hier war. Aber diesen Traum wollte sie ihnen nicht erfüllen.

Mule Hollow war der Traum ihrer Großmütter, nicht ihrer. Sie war einfach hier und erfüllte ihnen ihren Traum, die Menschen und die Stadt zu besuchen, die ihnen in ihren letzten Jahren Freude gebracht hatten … und ja, die Hoffnung, dass sie eines der Mädchen sein würde, die kamen und sich in einen Cowboy verliebten. Aber das würde sie nicht tun.

Ich habe meine eigenen Träume, dachte sie in ihrem plötzlich unentschlossenen Geist. Sie wollte in eine große Stadt ziehen und einen großen Salon eröffnen, der ein breiteres Publikum als hier ansprechen würde. Sie war eine großartige Friseurin, und das wusste sie. Sie liebte es, einer Kundin ein neues Aussehen zu geben und das Funkeln in ihren Augen zu sehen, wenn sie es im Spiegel sah, sobald sie fertig war. Wenn sie sahen, dass der Schnitt zu ihrem Gesicht passte, ihre Augen betonte und das Lächeln auf ihrem glücklichen Gesicht breiter werden ließ. Das war der Moment, auf den sie wartete und den sie liebte.

Die richtige Frisur konnte die Schönheit jeder Frau hervorheben, nur, weil es sie zum Lächeln brachte. Und das war es, was sie daran liebte.

Alle wären innerlich schön, wenn sie nur nicht zuließen, dass die Dämonen und der Zorn der Welt die Freude, die da sein könnte, zerstörte. Die Freude, die ihre Großmütter ihr von dem Tag an vermittelt hatten, als sie sie nach dem schrecklichen Unfall, der ihr die Eltern genommen hatte, aufgenommen hatten. Das Leben war nicht immer perfekt, aber ihre süßen Großmütter hatten ihr beigebracht, dass man das, was einem gegeben wurde, nahm und etwas Gutes daraus machte, im Gedenken an die, die man liebte.

Sie lächelte Lacy an, die sie beobachtete. „Ich muss los. Ich muss eine Runde joggen. Es war schön, und wir sehen uns alle bald."

Alle verabschiedeten sich von ihr, und sie war froh, dass der Salon am Sonntag und Montag geschlossen war und sie so zwei ganze Tage freihatte. Sie brauchte es plötzlich.

Lacy hatte gesagt, dass sie das so beibehalten wollte, um allen Zeit zum Entspannen zu geben, denn jeder brauchte Zeit zum Entspannen. Und das würde sie auch tun. Mit großen Schritten ging sie auf den pinkfarbenen Caddy zu, der mit offenem Verdeck wartete. Sie mochte das offene Verdeck und war so gekommen. Sie klappte es für die Nacht zu, aber heute Morgen hatte sie es wieder aufgeklappt. Und allein der Anblick brachte sie zum Lächeln. Sie war kurz davor, die Brise auf ihrem Gesicht zu spüren. Ihr Haar wehte, ihr Körper fühlte sich frei, sie fühlte sich frei, wenn der

Wind sie umwehte und sich der blaue Himmel vor ihr öffnete, während sie fuhr.

Als sie jetzt in den Sitz sank und den Caddy anließ, pochte ihr Herz zum Dröhnen des Motors, und sie lächelte erneut.

Wie konnte ein alter rosa Caddy so etwas mit ihr machen?

Aber es war so, dieser rosafarbene Caddy hat eine Gabe, dachte sie, während sie rückwärts ausparkte und sich dann auf den Weg zur Straße machte. Sie bog in Richtung ihres Hauses ab … ihr Zuhause für den Moment, nicht für immer. Dieser rosa Caddy hatte Lacy Brown und ihre Freundin Sheri in die Stadt gebracht und alles verändert. Jetzt, während sie ihn fuhr, war sie plötzlich so dankbar. Also fuhr sie einfach. Anstatt in ihre Einfahrt abzubiegen, fuhr sie weiter.

Sie ließ ihre Haare wehen, ihren linken Arm über die Tür hängen und ihre Finger im Wind fliegen, während sie vorsichtig mit einer Hand die Straße entlangfuhr. „Oh, was für ein wunderschöner Tag", sagte sie laut und meinte es so, während die Worte vom Wind verweht wurden.

Ihr Herz wurde leicht, und sie lächelte. Wie konnte eine Fahrt, bei der ihr der Wind ins Gesicht blies, all ihre Probleme verschwinden lassen? Ihr Freude schenken, während die Meilen vorbeizogen? Es war wunderbar.

Plötzlich dachte sie an Luc, und spontan trat sie auf die Bremse, wendete dann das Auto, fuhr zurück auf die unbefestigte Straße und auf die Ranch, auf der Luc lebte. Sie konnte dem Drang nicht widerstehen, parkte das Auto und stieg aus. Der Mann hatte sie dreimal gerettet, und tief in ihrem Herzen hatte sie das Gefühl, dass er sie brauchte. Es gab etwas, das sie in ihrem Leben gelernt hatte und das ihr ihre Großmütter beigebracht hatten: Sie war kein Feigling.

Nein, das war sie nicht, also ging sie dorthin, wo sie ihn im Paddock sah, und hörte seine Stimme. Sie schloss die Augen – er sprach gerade in einem beruhigenden, sanften Ton, und sie öffnete die Augen und ging langsamer, als sie seine Worte hörte und wusste, dass er mit dem wütenden Bullen sprach.

Sie ging auf den runden Paddock zu und näherte sich leise. Sie wollte sie nicht stören, selbst wenn die Neugier sie antrieb. Und da, als sie durch den Metallzaun spähte, war dieser unglaublich gutaussehende Cowboy. Er stand in der Mitte, die Hände in die Hüften gestemmt. Er sprach sanft auf den Bullen ein, der seinen riesigen Kopf gesenkt hatte und mit einem Huf im Dreck scharrte. Er starrte Luc entweder wütend oder neugierig an. Es war offensichtlich, dass, was auch immer er fühlte, Luc nicht sicher war. Sie beobachtete die Szene und betete, dass er nicht angreifen würde.

„Okay, Alter. Es ist unsere Zeit. Du wirst lernen, nicht zuzulassen, dass die Wut, die in dir steckt, deine Neugier überwältigt. Genau wie ich musst du lernen, einen Moment nach dem anderen anzugehen und zuzuhören und dich anzupassen. Wenn ich mit dir spreche, dann in der Hoffnung, dass du begreifst, dass ich auf deiner Seite bin; wenn du mich angreifen willst, nur zu – aber ich garantiere dir, dass du das nicht noch einmal tun wirst. Du wirst lernen, dass es manchmal Wege gibt, die wir nicht gehen können. Und ich kann nicht zulassen, dass du versuchst, jemanden zu verletzen. Im einen Moment bist du ruhig und im nächsten bist du wütend. Glaub mir, ich verstehe das. Ich lebe jeden Tag damit. Wie heute. Dieses Lied – ja, ich werde sie eines Tages wiedersehen, aber warum sie und nicht ich? Warum mussten sie sterben und ich weiterleben? Warum können sie nicht immer noch hier sein?"

Ihr Herz schmerzte. Er hatte jemanden verloren, den er geliebt hatte – es klang, als wäre es mehr als eine Person gewesen. Er hatte genau wie sie Menschen verloren, die er liebte. Er klang, als hätte er sie gut gekannt. War es die Frau, die er geliebt hatte? Ihr Herz schmerzte für ihn. Sie war noch so jung gewesen, als ihre Eltern starben. Sie hatte vage Erinnerungen, und wenn sie ein bisschen älter gewesen wäre, könnte sie sich vielleicht an mehr erinnern. Doch jetzt erinnerte sie sich hauptsächlich an das, was ihre Großmütter ihr erzählt hatten. Dass sie geliebt und geschätzt wurde und dass sie sie gesegnet hatte, als sie spät in das Leben ihrer Eltern gekommen war, während sie gedacht hatten, sie würden nie ein eigenes Kind haben. Sie hatte sie gesegnet und dann verloren, aber Gott sei Dank für ihre Großmütter, die so alt geworden waren und ihr so viel

Liebe gegeben hatten.

Ihre Großmütter hatten ihr gesagt, dass die Frauen in ihrer Familie normalerweise alt wurden und dass sie genauso lange leben konnte wie sie, vielleicht sogar so lange wie ihre Urgroßmutter mit hundertsechs Jahren. Und wenn sie so lange lebte, dann wollten sie, dass sie für sie alle lebte, in dem Wissen, dass sie geliebt wurde, und dass sie diese Liebe mit einem Lächeln und einem Herzen aus Gold weitergab.

Als sie dort stand und in den Paddock blickte, raste ihr Herz.

Was tat sie nur?

Das war es, was sie nicht loslassen konnte. Sie musste ein gutes Leben leben für ihre Eltern, die sie verloren hatte. Als sie dort stand und Luc ansah, schmerzte ihr Herz für ihn.

Was war ihm passiert? Was war schuld an diesem Zittern in seiner wunderbaren Stimme? Dieser Stimme, die sie manchmal hörte, wenn sie es nicht einmal wollte.

Sie wusste jetzt, dass sie herausfinden musste, wen er verloren hatte.

KAPITEL FÜNFZEHN

Luc sah, wie Mammoths Blick zum Zaun hinter ihm wanderte, und er wusste sofort, dass sie nicht allein waren. Ruhig drehte er sich um und wollte den Stier, der ihm aufmerksam zugehört hatte, nicht erschrecken. Als er sie dort stehen und ihn durch den Zaun anstarren sah, war er sofort abgelenkt.

„Hi, du weißt, wie man sich an Leute ranschleicht."

„Ich wollte nicht stören. Wie geht's Mammoth?"

Er fragte sich, was sie alles gehört hatte. Hoffte, dass sie nicht zu viel gehört hatte. „Es geht ihm besser, aber er hat seine Momente. So wie wir alle."

Sie lehnte sich gegen den Zaun und lächelte, und sein Inneres bebte. „Ja, das weißt du, und ich weiß es jetzt auch – ich meine, ich weiß, dass auch du Momente hast."

Sie hatte es gehört. Er seufzte, wandte sich von Mammoth ab und ging auf sie zu. Sie beobachtete ihn, und er versuchte, sich davon nicht mehr beeinflussen zu lassen, als er das Tor öffnete und hinaus ging. „Du bist heute unterwegs? Es ist dein freier Tag."

„Ja, und na ja, ich … ich wollte dich nach der Kirche sehen, aber du warst so schnell verschwunden."

„Du bist mir hinterher gejagt?"

Sie lächelte, und er wusste nicht, warum er witzelte, aber er konnte nicht anders. „Ja. Ich – na ja, eigentlich bin ich mit offenem Verdeck gefahren, und es ist ein toller Tag, und ich dachte, vielleicht brauchst du auch eine Ausfahrt."

Er starrte sie an, und die Art, wie sie ihm in die Augen sah, gab ihm das Gefühl, als würde sie ihn lesen. Bohrend, suchend, aber nicht zu viel. Zurückhaltend. „Also, warum denkst du, dass ich eine Ausfahrt will oder brauche?"

Sie fuhr sich mit der Hand durchs Haar. „Nun, Lacy hat mir erzählt, dass es ein tolles Erlebnis war, in ihrem rosa Caddy mit offenem Verdeck zu fahren und sich den Wind ins Gesicht wehen zu lassen. Dass es ihr Freiheit gegeben und ihr durch gute wie schwere Zeiten geholfen hat und dass es ihrer Meinung nach etwas ist, das jeder manchmal braucht. Selbst wenn du in deinem Truck mit runtergelassenen Fenstern fahren würdest, die Brise reinweht und deine Hand raushängt, während du die Strömung des Winds durch deine Finger spürst. Also, ich wusste es nicht, aber sie hatte recht. Es macht irgendwie süchtig. Und ehrlich gesagt – das Lied, das wir alle in der Kirche gesungen haben, „When We All Get To Heaven", berührt mich zutiefst. Ich kann es kaum erwarten, eines Tages alle Menschen, die ich liebe, wiederzusehen. Es erleichtert mich zu wissen, dass sie alle Christen waren, und mir geholfen haben, den Herrn kennenzulernen, sodass wir eines Tages zu seinen Füßen zusammen sein werden. Es macht mir Freude. Aber ich habe heute Traurigkeit in deinem Gesicht gesehen. Schmerzen, als du gesungen hast, und ... na ja, als ich die Straße entlanggefahren bin und die Luft in meinen Haaren gespürt habe, musste ich an dich denken. Und ich weiß nicht, warum dich dieses Lied so berührt, aber ich hatte einfach das Gefühl, dass ich es tun sollte – nein, ich *wollte* kommen und dich fragen, ob du mit mir mitfahren möchtest."

Er wusste nicht, was er sagen oder fühlen sollte. Gestern Abend war großartig gewesen, sie gesund und munter zu sehen. Der heutige Tag hatte ihn daran erinnert, warum er diese Frau nicht in sein Leben lassen konnte.

„Komm mit mir mit. Genieß das Gefühl, wie Gottes Luft dein Gesicht streift, dich einfach umarmt, und lass den Frieden durch dich strömen, während wir über die Landstraßen rund um Mule Hollow fahren."

Er war fassungslos, verblüfft, verführt, verzaubert. Sie hatte ihn wie ein offenes Buch gelesen.

Sag Nein.

Die Worte schossen ihm durch den Kopf, aber etwas in diesen Augen und diesen sanften Worten und diesem freundlichen Geist, der sich ihm zuwandte, war unwiderstehlich. „Okay, das klingt nach einem großartigen Plan. Wenn du dir sicher bist."

Ihre Augen wurden feucht, und ihr Lächeln breitete sich auf ihrem Gesicht aus, als wäre es ein neuer Tag. Ein neuer Anfang. Und seine Brust zog sich bei dem Gedanken zusammen.

„Ich denke, es ist eine großartige Idee. Und wie du mir gestern Abend gesagt hast, als ich am Boden lag, haben meine Großmütter gelächelt und sich amüsiert. Und sie tun gerade dasselbe für dich."

„Vielleicht." Er spürte einen Stich in seinem Bauch. Es war ein Schubs, dem er sich widersetzte. Er wollte nicht fühlen. In einem kurzen Moment hatte er alle verloren, die ihm am Herzen gelegen hatten. Und er war gefahren. Es war nicht seine Schuld gewesen, aber er hatte es nicht verhindern können. Oder vergessen. Und er durfte so etwas nie wieder erleben. Also hatte er sich versteckt. In der Weite Idahos, bis er schließlich Pace' Einladung gefolgt war und er jetzt in die Augen dieser Frau sah, die innerlich genauso wie äußerlich schön war.

Sie fühlte sich energiegeladen und unberechenbar – verrückt und spontan – und als sie sich dem pinkfarbenen Caddy näherte und wusste, dass er mit ihr kommen würde, tat sie, was sie schon immer hatte versuchen wollen. Sie legte ihre Hände auf die geschlossene Tür, und wie sie Lacy dabei beobachtet hatte, verlagerte sie ihr Gewicht auf ihre Hände und

Arme, schwang ihre Füße blitzschnell über die Tür – nicht so anmutig, wie Lacy es tat – und landete mit einem Plopp auf dem Sitz.

Dann begegnete ihr Lucs erschrockenes, lächelndes Gesicht, und sie lachte. „Es war nicht so gut wie Lacy, aber es fühlt sich gut an."

„Für mich sah es so aus, als hätte es wehgetan", sagte er, während er sie anstarrte. Seine Stimme klang vor Lachen zittrig. „Vielleicht solltest du das nicht nochmal machen."

„Oh nein, ich habe nicht vor, damit aufzuhören. Ich werde es weiter versuchen, bis ich so gut darin bin wie Lacy. Für sie ist es einfach eine fließende Bewegung, die zu ihr passt. Wie Freiheit, also werde ich weiter daran arbeiten. Wie wäre es, wenn du es mal versuchst?"

Er lachte jetzt laut, was wunderbar war, nachdem sie ihn vorhin so ernst gesehen hatte. Sein Lachen war einfach wunderbar.

„Ich denke, ich werde einfach einsteigen. Meine Beine sind länger und meine Stiefel viel schwerer und ich … na ja, ich möchte nicht, dass du einen Krankenwagen rufen musst oder sowas." Sie lachte, als er die Tür öffnete und sich neben sie auf den Sitz setzte. Er hatte immer noch seinen Hut in den Händen und hielt ihrem Blick stand, und ihr Herz sackte auf das Bodenblech.

„Dann lass uns fahren", sagte sie, dankbar, dass sie die Worte herausbrachte, als sie ihren Blick von ihm auf das Lenkrad richtete, den Motor anließ und ihm dann einen Blick zuwarf und lächelte. „Schnall dich an. Los geht's."

Und so fuhren sie. Die Straße hinunter, dann bog sie nach rechts ab und fuhr diesmal von der Stadt weg, und sie hatte keine Ahnung, wo sie landen würden.

Sie folgten der Landstraße, die sich von Mule Hollow weg durch das Land schlängelte. Die Straße hatte Kurven und Hügel, die von Zäunen gesäumt wurden, große Eichen, vermischt mit offenen Weiden, und viele, viele Rinder, die hinter den Zäunen weideten.

Luc war über seine Entscheidung mitzukommen, verwirrt. Aber als sie die Hauptstraße erreichte, wurde ihm bewusst, dass er keine Ahnung hatte, wohin sie in diesem rosa Cadillac fahren wollte.

Aber sie hatte ihm dieses Lächeln zugeworfen, ihm gesagt, er solle sich anschnallen, und hatte Gas gegeben, als sie auf die geteerte Straße abgebogen war – nicht, dass sie zu schnell gefahren wäre, aber sie bewegten sich definitiv am oberen Limit des pinkfarbenen Cabriolets. Und er trug keinen Hut, und der Wind, der über die Windschutzscheibe wehte, ließ sein halblanges Haar tanzen – doch er wagte nicht, seinen Hut aufzusetzen, er hielt ihn fest in der Hand und genoss die Fahrt.

Der Wind wirbelte um sie herum, aber er machte sich keine Sorgen, dass Izzy den Oldtimer nicht fahren konnte – denn offensichtlich konnte sie es. Sie hatte beide Hände am Lenkrad, und ihre Augen waren auf die Straße gerichtet. Sie hatte die Kontrolle, oder zumindest so viel Kontrolle, wie man am Steuer haben konnte, also entspannte er sich. Er hatte gelernt, dass man manche Dinge nicht ganz kontrollieren konnte, und manchmal lag das Ende nicht in unserer Kontrolle.

Dennoch, obwohl er das aus erster Hand wusste, entspannte er sich in diesem Moment tatsächlich, selbst in Gegenwart der schönen Izzy Cranberry.

In diesem Moment warf ihm die Frau ein Lächeln zu und blickte dann wieder auf die Straße. Aber dieses Lächeln traf ihn wie ein Krug mit süßem Preiselbeersaft, und es machte ihm nichts aus.

Überhaupt nicht.

Darüber sollte er sich Sorgen machen, ja, das sollte er, doch mit dem Wind, der durch sein Haar wehte, machte er sich in diesem Moment keine Sorgen. Er ließ sich einfach von der Freude dieser Fahrt erfüllen – doch nicht lange. Er würde es nicht zulassen.

Was würde er nicht zulassen?

Er würde nicht zulassen, dass etwas passierte. Aber nichts deutete darauf hin, dass er nicht ein paar Augenblicke genießen konnte. Und sie hatte recht – er hatte das gebraucht.

Und die Kilometer, die sie gemeinsam zurücklegten, ohne etwas zu sagen, waren großartig. Er spürte die Freude, die sie beim Fahren empfand, in ihrem Lächeln. Sie konzentrierte sich auf das Fahren, und er konzentrierte sich auf die Fahrt, behielt aber ihr glückliches Gesicht vor Augen. Er ließ sie nicht wissen, dass er sie beobachtete. Nein, er hielt seinen Kopf nach vorn gerichtet, ließ sie dabei aber nicht aus den Augen.

Warum?

Er wollte die Antwort nicht wissen. Wollte nicht wissen, warum Gefühle, die er noch nie zuvor empfunden hatte, ihn durchströmten, einfach nur, weil er Zeit mit ihr verbrachte.

Im Moment wollte er nur die Erleichterung spüren, von der sie gewusst hatte, dass eine Fahrt in diesem rosa Cadillac sie ihm bringen würde. Lieder erklangen in seinem Kopf, eine alte Melodie tauchte in diesem Moment auf, eine, die ihm sehr viel bedeutete. „Riding in My Car" – erst als ihm die Worte durch den Kopf gingen, wurde ihm klar, dass es nicht der Titel des Liedes war, das in seinem Kopf spielte. Als Kind hatte er gehört, wie sein Vater seiner Mutter in der Küche den Liedtext zu „Fire" vorgesungen und sie dann in seine Arme genommen hatte, bevor er sie geküsst hatte. Es war eine schöne Erinnerung.

Plötzlich dachte er nicht mehr an seine Eltern oder an irgendetwas anderes als daran, Izzy zu küssen.

In dem Lied ging es ums Autofahren, aber der Titel lautete „Fire".

Und in diesem Moment war es ein Feuer, das in ihm wütete, als Izzy ihm einen fragenden Blick zuwarf.

„Was geht in deinem Kopf vor?", fragte sie.

Was war das mit dieser Frau und Musik? „Nun",

sagte er über den Wind hinweg und lachte. „Das Radio ist aus, aber ich habe Lieder im Kopf."

Sie lachte. „Ich auch. Es ist verrückt. Es kommt mir vor, als säße ich in Sam's Diner und alle alten Lieder laufen. Christliche Lieder und alte Songs, die mich zum Lächeln bringen. Und manche haben eine so tiefe Bedeutung, dass sie neben einem Lächeln Tränen bringen."

Sie richtete den Blick wieder zurück auf die Straße, doch ihre Worte trafen ihn unerwartet und er erstarrte.

Sie sah ihn noch einmal an. „Schau, ich weiß, dass ‚When We All Get To Heaven' in der Kirche mich glücklich gemacht hat, dich aber nicht. Es tut mir leid." Sie musste seine Gefühle in seinem Gesichtsausdruck gesehen haben. „Sprich nur darüber, wenn du willst. Welche Lieder dudeln gerade in deinem Kopf herum und bringen dich zum Lächeln?"

Erleichtert atmete er auf, und er verschwendete keine Zeit mit Nachdenken. „Kennst du den alten Song, *Fire*? Der, in dem es ums Autofahren geht?" Er konnte nicht anders, als die Worte zu singen, die ihm im Kopf herumschwirrten. Er konnte sich nicht an den ganzen Text erinnern, aber in dem Lied ging es um das Fahren in einem rosa Caddy, wie dem, in dem sie saßen.

Sie schlug mit der Handfläche auf das Lenkrad. „Tolles Timing dafür! Das Fahren in diesem Auto macht Spaß, und ich liebe es. Besonders, wenn du singst."

„Danke", kicherte er und fühlte sich erleichtert. „Es

ist eine schöne Melodie."

Sie bremste das Auto ab, hielt aber nicht an, sondern fuhr einfach langsam weiter. „Dass du dieses Lied magst, sagt mir, dass du nicht nur ein Fan von Country- und Westernmusik bist."

„Du hast recht, meine Mutter mochte alle Arten von Musik. Vor allem fröhliche Lieder, die Freude verbreiten und einen zum Lächeln bringen. Dad hat Country-Musik geliebt, aber besonders mochte er Country-Lieder, die tief in sein Herz eindrangen und ihn berührten. Keine Country-Songs über Alkohol, die Liebe zu einer Frau und die Suche nach einer Affäre. Dad mochte das nicht, und ich auch nicht." Es war wahr. „Dad hat immer gesagt, dass er nur Augen für eine Frau hat, meine Mom. Warum sollte er sich also beunruhigende Lieder anhören und sie glauben machen wollen, er hätte andere Frauen im Kopf? Er war ein guter Mann."

Sie war praktisch auf die Bremse gestiegen. „Das ist eine wunderbar Geschichte über ihn und deine Mom. Dich zu lehren, Lieder mit Freude und Bedeutung zu lieben, ich mag diese Art auch." Sie lächelte ihn an. „Lieder, die Freude in meinem Herzen verbreiten. Und Spaß machen." Sie sang: „*We're in this car.*"

Luc grinste und stimmte ein … „*I'm singin' with a spunky gal.*"

Sie lachte über seinen ausgefallenen Vers und fügte hinzu: „*And a hunky cowboy.*"

Er verdrehte die Augen, sie lachten und sangen

weiter. Jeder von ihnen dichtete eine Zeile, die nicht genau die gleiche Melodie hatte, sondern eine eigene. Und sie war gut darin … und in seinem Kopf begann der Liedtext, den nur er hören konnte, zu spielen …

She was fun.

She helped ease the heartache and pain inside him

…

Float away on the breeze …

And when those beautiful eyes of hers met his – spielten die Worte in seinem Kopf, als ihr Blick seinem begegnete, und sofort breitete sich ein Lächeln auf seinem Gesicht aus.

Ein breites Lächeln, das größer war als er seit sehr, sehr langer Zeit gelächelt hatte.

KAPITEL SECHZEHN

Sie genoss die Fahrt und den Gesang. Es war ein Spaß, mit dem sie nicht gerechnet hatte. Was hatte es mit diesem pinkfarbenen Cadillac auf sich?

Sie wollte nicht wirklich darüber reden, warum sie ihn abgeholt hatte, denn sein Lächeln und seine Singstimme waren wunderbar.

Und lustig. Und was für ein Zufall, dass sie teilweise dieselbe Musik aus ihrer Vergangenheit mochten.

Vergangenheit war eine knifflige Sache.

Gute Vergangenheit. Schlechte Vergangenheit ... seine eigene Vergangenheit erschaffen.

Ihre Gedanken wanderten von der Fahrt im Caddy zu etwas, das ihr ihre Urgroßmutter erzählt hatte, als Izzy das letzte Mal neben ihrem Bett sitzen und ihre Hand halten durfte. Gram hatte nicht mehr aus dem Bett aufstehen können und war fast blind gewesen. Aber während sie unter dem weißen Laken auf ihren Kissen lag, hatte sie ihre kleine, knochige Hand ausgestreckt. Diese Hand mit den Fingernägeln, die Izzy für sie feilte und in zarten Farben bemalte.

„Izzy", hatte sie in dieser letzten Nacht gesagt und sanft Izzys Hand gedrückt. „Ich hatte ein langes Leben. Ein hartes Leben, hundertsechs, fast hundertsieben wunderbare Jahre lang. Ich könnte mich auf die schlechten Dinge konzentrieren, die schweren Zeiten in diesen Jahren, aber jeder hat sie. Ich, nun ja, Gott hatte einen Plan für mich, dass ich fast jeden überlebe, den ich kannte, außer meiner Tochter – deine Grammy und dich, meine Izzy. Es gab einen Grund dafür, vielleicht ist es meine Aufgabe, dir zu sagen, dass du den Herrn lieben sollst. Seinem Weg für dein Leben folgen."

Izzys Herz hatte sich bei diesen Worten zusammengezogen. „Du hast viele, viele Leben berührt, Grams, nicht nur meins."

„Gut", sagte sie leise. „Weißt du, deine Grammy wird nicht lange nach meiner Ankunft zu mir in den Himmel kommen, weil ich so lange gelebt habe. Aber es ist alles Gottes Timing, und er hat mich damit gesegnet, hier bei euch beiden sein und zusehen zu dürfen, wie ihr zu den Frauen herangewachsen seid, die ihr seid."

„Ohh, Gram", hatte Izzy gesagt, ihr Herz schmerzte. „Ich bin die Gesegnete."

Grams Lippen waren weicher geworden, und ihr Blick hatte ihren festgehalten. „Denk daran, liebes Mädchen, eines Tages werden wir uns alle wiedersehen.

Lass also die guten Dinge, die in deinem Leben passiert sind, die Oberhand gewinnen und sei dem Herrn dankbar. Meine Mutter hat mir beigebracht, den Herrn zu lieben, und ich hoffe, ich habe dabei geholfen, dir den Weg zu zeigen." Sie schmunzelte, es erhellte ihre verblassenden Augen und Izzys Herz schwoll an.

„Oh, Grams, wie ich dich liebe! Du hast mir den Weg gezeigt. Du hast mir so viel Liebe gezeigt, und wenn ich nur die Hälfte des glücklichen Lebens leben kann, das du mir gezeigt hast, werde ich dankbar sein. Wenn ich jemals Liebe finde und mich entscheide, Kinder zu bekommen, versichere ich dir, dass ich meine Liebe zum Herrn an meine Babys weitergeben werde, die du, Grammy und meine Mom und mein Dad mir gezeigt habt."

Mit Tränen in den Augen fügte Izzy hinzu: „Danke, dass du und Grammy mir von meinem Dad erzählt habt. Als er meine Mom kennengelernt hat, hat er ein ziemlich wildes Leben geführt, aber meine Mom hat ihm klargemacht, dass er ein besserer Mann sein wollte, und so wurde er es. Er hat den Herrn kennengelernt, und jetzt weiß ich, dass ich ihn und euch alle genau dort bei Mom wiedersehen werde. Diesmal nicht in Särgen nebeneinander, sondern im Himmel. Das wird wunderbar."

Die süße Grams nickte, tätschelte ihre Hand, ließ dann ihren Kopf auf das Kissen sinken, schloss die Augen und sagte mit einem Lächeln im Gesicht: „Oh, ja, oh, was für ein Tag das sein wird."

Izzy warf Luc einen Blick zu, sprach aber nicht darüber. Wenn der richtige Zeitpunkt kam und er über Leben und Tod sprechen wollte, würde sie es ihm erzählen. Stattdessen sagte sie: „Das ist eine wunderschöne Gegend. Sieh dir das Land da drüben an."

„Ja, da leben Cort und Lilly Wells. Und Samantha, der Esel." Bei seinen Worten trat sie auf die Bremse und blieb mitten auf der Straße stehen.

„*Samantha* lebt hier?"

„Ja, sie ist irgendwo da draußen. Sie geht gern auf Wanderschaft. Komm, fahr die Auffahrt hoch. In zwei Wochen gehen sie, und ich werde herkommen, während sie weg sind, und mich für sie um alles kümmern."

„Das ist nett von dir. Sie hat mich eingeladen, Samantha zu treffen, weil sie wusste, dass meine Großmütter sie geliebt haben."

„Dann bieg gleich da ab."

Sie zögerte nicht, als sie aufs Gaspedal trat und auf die unbefestigte Straße nach links in die Auffahrt zur Ranch abbog. Und dort stand am Zaun der kleine, dicke Esel. Samantha. Izzy lächelte, und ihr Herz pochte vor Freude. In diesem Moment kam Lilly aus der Tür und winkte. Als sie am Zaun stehenblieb, reichte sie Samantha etwas Kleines, Gelbes, das der Esel ihr abnahm, grinste und dann glücklich kauend von dannen zog.

„Bananen-LaffyTaffy."

Er gluckste. „Ja, dieser Esel liebt das Zeug."

„Ich auch. Mein Gram hat mich süchtig gemacht, also darf ich es mir jetzt nur noch als Belohnung gönnen. Eine Belohnung für die Erledigung einer Aufgabe."

„Gute Idee. Komm, stell den Wagen ab und lass uns aussteigen."

Lilly stimmte zu: „Kommt, steigt aus."

Und zu all ihren Stimmen machte Samantha eine Tanzbewegung und kam auf sie zu. In diesem Moment stürmte ein haariger kleiner brauner Hund um das Ende eines der langen Ställe, seine Augen strahlten und er rannte so schnell, dass sein Haar im Wind wehte. Lucky – sie erkannte ihn sofort, da Gram von dem Hund gesprochen hatte, der früher „Loser" und jetzt „Lucky" hieß.

Sie eilten aus dem Auto, und Lilly umarmte sie. „Ich habe auf dich gewartet. Und die beiden auch." Sie gestikulierte zu Samantha und Lucky, die schwanzwedelnd neben dem grinsenden Esel stand, und beide beobachteten sie mit funkelnden, neugierigen Augen.

„Ich bin froh, hier zu sein, und oh, sie sind so echt … ich meine, genau so, wie meine Gram sie beschrieben hat." Sie ging an den Zaun und begann, Samanthas Stirn zu streicheln, und bückte sich, um Luckys Kopf zu kraulen, während sie mit seinen kurzen Beinchen an ihre Waden hochsprang und sie um Aufmerksamkeit anflehte.

„Du hast einen Cowboy mitgebracht", sagte Lilly

und lenkte Izzys Blick von den Tieren auf ihr lächelndes Gesicht.

„Ja, er wohnt zufällig in meiner Nähe, und ich wollte eine Ausfahrt machen, und er ist auch ein bisschen neu in der Stadt, obwohl ich jetzt weiß, dass er euch alle kennt. Da er aber noch nie mit dem rosa Caddy gefahren ist, habe ich ihn gefragt, ob er Lust hat, mitzufahren. Und du weißt ja, wie es ist, da kann niemand Nein sagen."

Lilly lachte. „Oh Gott, ja, das wird nie langweilig."

Izzy war froh, dass Lilly es humorvoll anging, da Luc seine Arme verschränkt hatte und grinste und sie und Lilly das Gespräch weiterführen ließ. „Wir sind durch die Gegend gefahren und haben den Tag genossen, als plötzlich eure Ranch in Sicht gekommen ist, und er hat mir gesagt, wem sie gehört, und natürlich wusste ich, dass Samantha und Lucky hier leben, und konnte es mir nicht entgehen lassen, sie zu sehen. Dann sagte er mir, dass ihr nicht mehr lange hier sein werdet, und dass er auf die beiden aufpassen wird."

„Ja, übernächste Woche. Wir freuen uns sehr, dass du für uns nach ihnen sehen wirst. Wir wissen, dass es der schwierigste Teil deines Tages sein wird, die beiden unter Kontrolle zu halten." Sie kicherte, streckte die Hand aus und streichelte Samanthas Hals. „Sie ist ein Schatz, aber sie wird älter, darum glaube ich nicht, dass sie so ausbrechen und herumwandern wird wie früher."

„Wenn sie beschließt, mich wie Mammoth auf die Probe zu stellen, werde ich sie schon finden, keine

Sorge."

Samantha nutzte diesen Moment, um sich auf ihren Allerwertesten zu setzen, den Kopf auf eine Seite zu neigen und ein lautes I-ah auszustoßen. Alle lachten.

Lucky sprang mit den Vorderpfoten an ihren Hals und bellte.

„Ich glaube, sie sagen dir, dass dir mit ihnen nicht langweilig werden wird", sagte sie lachend, während sie den Esel ansah. „Ich habe viel über dich gehört, Samantha. Du liebst es, in Schwierigkeiten zu geraten und gleichzeitig anderen Glück zu bringen."

Samantha stieß ein weiteres I-ah aus, sprang dann auf alle vier Hufe und eilte zur Scheune. Lucky folgte ihr in das riesige Gebäude mit dem großen Tor.

Lilly lächelte und sah zu. „Ihr werdet gleich sehen, was sie machen. Während wir abgelenkt waren und uns unterhalten haben, hat sie offensichtlich entschieden, dass es ein guter Zeitpunkt ist, sich eine Belohnung zu gönnen. Denkt nicht, dass wir es immer erlauben, nur weil wir wissen, was sie tut. Dieser Esel hat seinen eigenen Kopf, und er ist ein Geschenk Gottes. Bei mir und Cort war es so. Und ja, sie liebt ihr Leben und Lucky auch."

Dann trabte ein großes, bezauberndes Pferd mit wedelndem Schweif aus der Scheune und wieherte und trottete anmutig auf das Tor zu, das zu einer Weide führte.

Izzy kicherte. „Sie hat diesen hübschen Kerl rausgelassen und frisst sein Futter."

„Ja, aber wir sind jetzt vorbereitet. Sie kann ihrem Wunsch nachkommen, ein Pferd rauszulassen und dessen Futter zu stehlen, aber wir sorgen dafür, dass nur der Riegel des Pferdes, das sie herauslassen darf, nicht gesichert ist. Sie kann nicht mehr alle Boxen aufmachen. Aber ich konnte ihr nicht den ganzen Spaß nehmen, also haben wir diese Lösung gefunden. Und wir haben herausgefunden, dass es den Pferden auch Spaß macht, sich quasi rauszuschleichen und frei herumzulaufen. Also sind alle glücklich damit."

„Gut zu wissen", schmunzelte Luc.

Izzy lachte. „Ja. Oh, und seht, sie hat bekommen, was sie wollte", lachte sie und klatschte vor Freude in die Hände, als der Esel mit etwas, das wie ein Stück Holz aussah, in ihrem Maul aus der Scheune trottete.

„Ja, sie hat ihren Würfel aus dem Eimer geholt, nachdem sie das Pferd rausgelassen und bemerkt hat, dass kein Futter im Eimer war."

„Das ist eine großartige Idee. Sie sieht glücklich aus." Izzy liebte es. „Ich bin so froh, dass ich das sehen durfte. Meine Großmütter haben alle Artikel über Samantha und die Geschichte von dir und Cort geliebt – nicht, dass nach der ersten Geschichte noch viel über euch geschrieben worden wäre. Aber sie schafft es immer, die Leute wissen zu lassen, dass es in Mule Hollow ein Happy End gibt."

Lilly lächelte. „Ja, das tut sie. Und ich bin nicht diejenige, die wegen der Kupplerinnen genervt war. Das war der Mann, für den Luc arbeitet. Diese beiden, Pace und Sheri, haben versucht, die Clique zu übertölpeln, was aber für sie auf wunderbare Weise nach hinten losging. Und jetzt ist Luc nach Mule Hollow gekommen. Und du auch. Das Leben gerät manchmal außer Kontrolle. Aber jetzt muss ich rein und nachsehen, ob meine Kinder noch schlafen, aber Luc, wenn du rauskommst, um nach dem Rechten zu sehen, kannst du ja vielleicht Izzy mitbringen."

Lucs Blick wanderte zu ihr, und er nickte. „Wenn sie mag. Wir werden sehen. Jetzt machen wir uns wieder auf den Weg. Noch müssen wir uns hier ja um nichts kümmern. Ich habe mit Cort gesprochen, und alles ist vorbereitet. Ich wünsche euch jetzt schon mal eine tolle Reise!"

Innerhalb weniger Minuten hatten sie sich verabschiedet, und dann saßen Luc und Izzy wieder im Caddy und machten sich auf den Weg zurück zur Straße. Ihre Gedanken überschlugen sich und sie wusste wieder einmal, dass sich etwas in ihr ein wenig verändert hatte.

Sie konzentrierte sich auf die Fahrt und das, was sie gerade erlebt hatte, und trotz des Drangs, herauszufinden, was ihn so verletzt hatte, konnte sie es nicht.

KAPITEL SIEBZEHN

Nachdem sie die Ranch verlassen hatten, fuhren sie die Straße entlang, als Izzy zu Luc hinüberblickte. „Du wirst ein Abenteuer erleben, wenn du auf Samantha und Lucky aufpassen musst, während sie weg sind." Es war keine Frage, sondern eine Feststellung.

„Ja, wenn es soweit ist, werde ich jeden Tag hierher fahren und nach Samantha und Lucky sehen. Und dann ab und zu über das Anwesen reiten, um sicherzugehen, dass mit den Pferden und Rindern alles in Ordnung ist. Ich werde auch nach dem Haus weiter unten an der Straße sehen, in dem Lilly mit ihren drei Großmüttern aufgewachsen ist. Wo die Liebesgeschichte von Cort und Lilly angefangen hat – soweit ich gehört habe. Lilly wurde wie du von ihren Großmüttern großgezogen."

„Ja, meine Grams hat mir das auch gesagt. Der Unterschied war nur, dass ihre drei Großmütter in ihrem Leben keine guten Beziehungen erleben durften und darum nichts von Männern hielten. Etwas, das Lilly überwinden musste. Alles, was sie in ihrer Jugend hatte, war die Freundschaft mit Samantha." Sie wandte den Blick wieder von der Straße ab. „Aber meine Großmütter haben mich nicht davon abgehalten, jemanden zu finden. Sie waren und sind immer noch auf der Suche nach dem Mann, der für mich bestimmt war." *Warum habe ich das gesagt?* „Nicht, dass ich zurzeit auf der Suche wäre."

„Ich auch nicht. Ich suche nicht nach Liebe. Da ist zu viel in meiner Vergangenheit, was mich davon abhält, das zu wollen. Bis ich hierhergekommen bin, habe ich nie so viel Kuppelei gesehen. Im Gegensatz zu dir, die du von deinen Großmüttern alles über Mule Hollow erfahren hast, wusste ich nur das, was Pace erzählt hat und dass er mich hier haben wollte. Als ich angekommen bin und angefangen habe, mit App und Stanley Dame zu spielen und mir alle Geschichten anzuhören, habe ich begriffen, worauf diese Stadt aufgebaut ist.

Pace hatte mir nicht gesagt, wie viel Geld dafür aufgewendet wurde, diese Stadt auf der Karte zu halten. Aber wenn ich jetzt all die glücklichen Cowboys und ihre Frauen sehe und all die Cowboys, die zum Arbeiten hierherkommen und wissen, dass sie vielleicht eine Partnerin finden, dann weiß ich, dass alles in Ordnung ist. Ich bin immer noch nicht auf der Suche und halte mich aus „Schwierigkeiten" raus, nun ja, das ist etwas, wovor man auf der Hut sein sollte. Ich wusste, warum Pace mich hier haben wollte. Ich wusste, dass Pace –

wie deine Großmütter in deinem Fall – hofft, dass ich jemanden finden würde oder zumindest das, was ich brauche. Ganz ehrlich, das habe ich. Ich mag die Stadt, die Menschen und die Tatsache, dass ich spüren kann, dass Gott auch in schwierigen Zeiten hier ist. Aber obwohl ich Ihn kenne, kann sich mein Herz nicht ganz öffnen. Das sage ich nur dir. Ich weiß, dass du gesagt hast, dass du dein Herz nicht öffnen wirst. Du wirst den Traum deiner Großmütter für eine Weile leben und dich dann daran machen, deinen Traum zu erfüllen. Ich verstehe das. Was mich angeht, ich habe mich in Idaho und Montana versteckt. Ich habe mich auf dem weiten Land dieser riesigen Ranches verkrochen, und dann bin ich hierhergekommen und habe herausgefunden, dass ich ein Leben unter anderen Menschen führen kann. Ich kann meine eigenen Ziele haben, nicht ihre, und es genießen, allen anderen bei der Suche nach ihren Träumen zuzusehen, und ich kann für sie beten. Aber nicht einer von ihnen sein. Ich bete, dass sie Liebe und Glück finden und dass sie nicht wie ich alle in einem verdammten Augenblick verlieren."

Ihr Herz schmerzte, als sie seine Worte hörte. Ihre Gedanken wanderten zurück zu ihren Großmüttern, die auch am Ende mit dem Leben, das sie geführt hatten, zufrieden gewesen waren, und sie hatte beiden die Hände gehalten, als sie diese Erde verlassen hatten und in den Himmel gegangen waren. Was hatte er erlebt?

Da sie nicht anders konnte, hielt sie das Auto am Straßenrand an, und dort, zwischen den Lupinen, den

Gänseblümchen und den Sonnenblumen unter dem leuchtend blauen Nachmittagshimmel, strahlte alles Glück aus.

Aber zwischen ihnen spürte sie eine tiefe Verbindung in ihrer Traurigkeit, wenn auch auf eine andere Art und Weise. Sie konnte immer noch lächeln. Aber dieser Mann – „Okay, du musst mir erzählen, was in deinem Leben passiert ist, das dich so traurig macht. Ich habe Grams und Grammys Hand gehalten, als sie beide in den Himmel gegangen sind. Meine Urgroßmutter, Grams, war mehrere Jahre bettlägerig gewesen und konnte nicht gut sehen, deshalb bin ich immer nah an sie heran gegangen, wenn ich mit ihr geredet habe. Wie ich dir schon gesagt habe, war sie fast hundertsieben. Grammy, ihre Tochter, starb zwei Jahre später und war schon mehrere Jahre nicht mehr sicher auf den Beinen gewesen."

„Sie waren froh, dass du bei ihnen warst."

„Ja, aber das war ich auch. Ich und Clover, ihr kleiner Chihuahua. Der kleine alte Hund hat gern mit Grammy gesungen und saß immer auf ihrem Schoß, wenn sie gesungen hat. Sie fing an zu singen, und er sang mit und brachte passend zur Melodie und Rhythmus die erstaunlichsten Jauler, Jammerer und Heuler heraus." Sie lächelte, konnte nicht anders, die Erinnerung war so lebendig und unvergesslich.

„Sein Lieblingslied war ‚She'll Be Coming Round the Mountain'." Sie kicherte trotz der Tatsache, dass sie es vermisste, Clover und Grammy singen zu hören.

„Am 4. Juli war ich diejenige, die die Chili Dogs gekocht hat, und wir haben sie gegessen, haben uns amüsiert, und als das Feuerwerk vorüber war, haben wir zusammen dagesessen und die funkelnden Lichter Gottes am dunklen Himmel beobachtet. Dann habe ich Grams ins Bett geholfen und angefangen, die Küche zu putzen."

Sie hielt erneut inne, um Kraft zu schöpfen, und er beobachtete sie einfach, Traurigkeit und Wissen in seinen Augen. „Plötzlich habe ich ein Geräusch gehört und bin in ihr Zimmer gerannt. Sie saß aufrecht im Bett, Clover stand wachsam neben ihr. Ich bin zu ihr gegangen, und sie nahm meine Hand und dann starb sie. In einem Moment war sie lächelnd bei mir und im nächsten war sie im Himmel und hat ein Familientreffen gefeiert. Und eines Tages werde ich auch da sein."

Sie sah den Schmerz in Lucs Augen. Er streckte seine Hand aus und legte sie auf ihre.

Sie seufzte. „Luc, ich werde sie wiedersehen. Und bis dahin werde ich meine Zeit hier für sie genießen, dann werde ich einen Salon in einer Stadt eröffnen, die mich ruft, und wie Lacy werde ich Seine Liebe verbreiten." Tränen stiegen ihr in die Augen. „Es tut mir leid, dass ich weine, wenn ich darüber spreche, aber das sind keine Tränen der Traurigkeit. Ja, ich vermisse sie, aber ich weiß, wo sie sind, also sind das Freudentränen. Doch ich möchte wissen, warum du diese Traurigkeit in dir trägst. Gott hat dich in mein Herz gebracht, als ich dich singen sah, und du gehst mir nicht aus dem Kopf.

Ich weiß, dass etwas in deinem Leben nicht gut war, und während ich rumgefahren bin, hat Gott dich in meine Gedanken geschickt, und ich habe den Wagen umgedreht und bin zurückgekommen, wissend, dass es das war, was ich tun sollte. Ich bin für dich da, wenn du reden möchtest. Ich bin Friseurin; ich berühre Leute dauernd. Berührungen haben etwas an sich, das andere zum Reden bringt. Nicht jeder hat jemanden zum Reden, daher kann ein Friseur helfen. Aber du kannst mir sagen, dass ich die Klappe halten und fahren soll, dann werde ich es tun. Schließlich sitze ich am Steuer des legendären pinkfarbenen Cadillacs", die letzten Worte trällerte sie.

Seine Augen waren besorgt geworden, aber angesichts des Gesangs hoben sich seine Mundwinkel ein wenig. „Vielleicht hat das Fahren in diesem Auto etwas Magisches. Es zeigt dir, dass Gott alles nutzen kann. Ein alter rosa Caddy, ein alter roter Truck, ein neuer Pontiac, alles kann vom Herrn benutzt werden. Eine Friseurin, ein Nachbar, ein Mädchen, das von einer Klapperschlange auf der Weide aufgehalten wird …"

„Ein Cowboy, der angeritten kommt und den Tag rettet", fügte sie mit einem Lächeln und klopfendem Herzen hinzu.

Er nickte. „Ein glücklicher Cowboy, der froh ist, dass er an diesem Tag dort war, wegen eines störrischen Bullen, der gerne davonläuft und sich austobt und sich nicht benimmt. Ich muss dir sagen, dass ich mich jetzt, wo ich darüber nachdenke, schlecht fühle, dass er so eingesperrt ist. Ich bin dankbar für diesen Tag und sogar für den Tag, an dem er die Weide verlassen hat und du deswegen von der Straße abgekommen bist. Gott hat dich beschützt und mir die Gelegenheit gegeben, dich auf eine andere, tiefere Weise kennenzulernen. Wie kann ich ihm deswegen böse sein? Sobald ich zurückkomme, werde ich ihn auf die Weide lassen."

„Vielleicht musst du dich selbst auch rauslassen. Hast du je darüber nachgedacht? Also, was sagst du? Wirst du mich reinlassen? Mit jemandem reden?"

Luc war sprachlos. Geschockt. Dieser Glaube, den sie hatte, und was für eine Art, mit einem Verlust umzugehen! „Schau, ich weiß nicht, ob ich darüber sprechen kann, aber ich weiß es zu schätzen, was du mir das erzählt hast. Manche Dinge sind einfach zu schwer –"

„Nur, wenn du es nicht versuchst. Manchmal weiß man nicht, wie groß die Erleichterung ist, die es einem bringen kann, bis man anfängt, über seine Sorgen und Nöte zu sprechen."

Er rieb sich die Stirn und wollte aussteigen. „Hör zu, ich weiß diese Fahrt und das, was du heute versucht hast, zu schätzen, aber ich habe noch nie darüber gesprochen und kann auch nicht darüber sprechen. Ich habe einmal mit Pace gesprochen, aber vorher oder nachher nie wieder. Vielleicht solltest du also einfach fahren. Es ist Zeit, nach Hause zu gehen." Ihre schönen

Augen bohrten sich in ihn, aber dann nickte sie, legte den Gang ein und fuhr los. Sie hielt ihre Hand aus dem Fenster und ließ die Brise durch ihre Finger wehen. Er war sich sicher, sie hoffte, dass er dasselbe tun würde, aber er tat es nicht. Er konnte es nicht.

Er hatte einen schönen Tag gehabt. Einen Tag, den er nie vergessen würde, aber trotzdem konnte er es einfach nicht tun. Und Izzy, sie drängte ihn nicht, sie fuhr, und auch wenn er versuchte, es nicht zu tun, glitt sein Blick zu ihr. Er wusste, dass sie ihm bewusst Raum gab. Sie hatte gesagt, was der Herr ihr aufs Herz gelegt hatte, und jetzt drängte sie nicht mehr. Sie gab ihm Zeit, würde vielleicht nie wieder fragen und erwartete nicht, dass er ihr etwas erzählte. Als sie in seine Einfahrt einfuhren, raste sein Herz. Wann hatte er das letzte Mal jemanden zum Reden gehabt?

Jemanden, mit dem er seinen Kummer und Schmerz teilen konnte? Mit wem außer Pace hätte er reden wollen? Er hatte es ihm an jenem Abend nur erzählt, weil sie am Lagerfeuer gesessen hatten und Pace ihm gesagt hatte, dass er gehen würde, und er wusste, dass in seinem Herzen ein tiefer Schmerz saß. Er hatte Luc gesagt, er solle keine Angst haben, denn er würde gehen und tun, was Gott von ihm wollte, anstatt als Einsiedler zu leben. Er war jetzt ein Christ und sollte erzählen, was Gott für ihn getan hatte, also machte er sich auf den Weg nach Mule Hollow. Aber bevor er ging, wollte er Luc wissen lassen, dass er seinen Kummer mit ihm teilen musste, nur um ihn nach draußen zu bringen. Aber es würde immer bei ihm bleiben.

Er würde es nie jemandem erzählen. Anders als jetzt hatte er Pace alles erzählt. Er hatte seinen Kummer, seinen Schmerz, seinen Verlust … alles herausgelassen. Und von dem Tag an, als er Pace gesagt hatte, dass er nach Mule Hollow ziehen würde, bis zu diesem Tag hatte Pace ihm versichert, dass er niemandem erzählt hatte, was Luc ihm in dieser kalten Winternacht über seine Vergangenheit anvertraut hatte. Dass die Menschen in Mule Hollow ihn mit offenen Armen empfangen würden. Aber er musste sich darüber im Klaren sein, dass die Kupplerinnenclique ihn als jemanden sehen würde, den sie verkuppeln könnten. Aber keine Sorge, wenn es nicht so sein sollte, würde es nicht so sein, und das lag ganz bei Luc. Also sollte er einfach kommen und unter Menschen leben, denen er wichtig war, denn er wusste, dass Luc im Gegensatz zu ihm kein wirklicher Einzelgänger war. Er versteckte sich nur. Aber wie Pace gesagt hatte: Wenn Gott rief, würde er wissen, dass es Zeit war, sich zu öffnen. Und er hatte auf ihn gehört, war in Mule Hollow gelandet und hatte auf wundersame Weise in Sheri sein Schicksal gefunden.

Er sah Izzy ruhig an, deren Hände immer auf dem Lenkrad lagen und die darauf wartete, dass er etwas sagte. Da er plötzlich nicht mehr in der Lage war, sich zurückzuhalten, streckte er seine Hand aus und legte sie auf ihre Schulter. Tränen stiegen in seiner Seele auf, und ein Bedürfnis, ein Bedürfnis, das er NICHT – er schrieb das Wort in seinem Kopf groß –, ein Bedürfnis, das er nicht fühlen wollte, packte ihn.

Er musste aus diesem Auto aussteigen.

Doch seine Finger lagen auf ihrer Schulter. „Du hast heute Knöpfe in mir gedrückt, wie noch nie jemand zuvor. Und ich muss dich wissen lassen, dass ich dich nicht abweise, weil ich verrückt bin. Das bin ich nicht. Ich brauche nur Zeit zum Nachdenken, und damit du es auch weißt: Wie mein Kopf funktioniert, wird sich nicht ändern. Ich werde nicht über das reden, was passiert ist, ich werde nie wieder darüber reden. Pace ist der Einzige, der es weiß, aber danke. Danke, dass du mich auf diese Ausfahrt mitgenommen hast, denn ich kann ehrlich sagen, dass es ein großartiger Tag war, in diesem Cabrio zu fahren – ohne Radio. Aber im Paddock wartet ein Bulle auf mich, den ich rauslassen muss."

Er nahm seine Hand von ihrer Schulter, bevor er tat, wozu sein Herz ihn drängte, nämlich über ihre Wange zu streicheln und diese wunderschönen Augen auf seine zu lenken – dann stieg er aus und schlug die Tür hinter sich zu.

Aber er drehte sich um, lehnte sich an die Tür und stützte sich mit beiden Händen darauf. „Du, Izzy Cranberry, bist wie Molly Popp Jacobs und Lacy Brown Matlock. Du bist auf einer Mission …" Seine Stimme zitterte, also zwang er die letzten Worte heraus. „Und Gott wird dich gebrauchen." Damit wandte er sich ab und ging.

KAPITEL ACHTZEHN

An diesem Abend, nachdem Luc sie im pinkfarbenen Caddy sitzengelassen hatte und gegangen war, saß Izzy in der Dämmerung allein auf der Veranda hinter dem Haus und betete.

Was für ein Mann.

Was für ein *verletzter* Mann er war. Sie musste mit jemandem reden, konnte es aber nicht, weil sie diejenige war, die versucht hatte, ihm seinen Schmerz zu nehmen. Er hatte sie nicht darum gebeten, also konnte sie schlecht hingehen und mit irgendjemandem darüber reden. Es stand ihr nicht zu. Falls der Moment kam, in dem er reden wollte, würde sie da sein, und er wusste, wo er sie finden konnte. Aber sie würde ihn nicht drängen. Vielleicht war sie nicht die Richtige.

Aber als sie dort in der Abendluft saß, während die Glühwürmchen durch die Luft schwebten, in der Stille nur der leise Gesang der Frösche … es war ein magischer Abend. Und trotz allem, was in ihrem Herzen und in ihrer Seele Nein sagte, wünschte sie sich plötzlich mehr als jedes Gefühl, das sie jemals gespürt hatte, dass Luc Asher neben ihr auf dieser Schaukel saß und mit ihr schaukelte. Mit ihr die Schönheit genoss und diesen Moment teilte. Sie wünschte sich das, wie sie sich noch nie zuvor etwas gewünscht hatte.

Sie konnte nicht anders und stand auf. Sie konnte nicht dasitzen und an etwas denken, das niemals passieren würde. Etwas, das sie wirklich nicht wollte. Was dachte sie sich nur?

Wie war ihr Geist dorthin gewandert? Sie wollte ihm nur helfen. Sie wollte sich nicht in ihn verlieben. Ihr Leben war nicht hier – *was?*

Was hatte sie gerade gedacht?

Liebe. Sie verliebte sich nicht. Auf keinen Fall.

Sie lebte noch nicht einmal eine ganze Woche hier. Ja, ihre Großmütter mussten das genießen. Es musste etwas an dieser Stadt sein. Sie verschloss ihr Herz. Sie hatte Pläne. Sie hatte ein Leben, und sie würde es leben.

Als sie hineinging, zog sie sich aus und machte sich bettfertig, als wäre sie auf dem Weg in den Krieg. Sie legte sich hin und forderte sich auf, einzuschlafen.

Natürlich tat sie es nicht.

Sie lag da, während ihr Verstand sagte: „Fahr in dieser mondhellen Nacht mit dem pinkfarbenen Caddy."

Nein. Sie würde heute nicht mehr in das Auto gestiegen. Stattdessen lag sie da. Und als ihr verrückte Gedanken über den gutaussehenden Cowboy am Ende der Straße in den Sinn kamen, betete sie.

Sie betete nicht für sich oder für sie, sondern für ihn.

Sie betete, dass Gott Luc helfen möge, und wenn Er sie brauchte, dann könnte Er sie gebrauchen – vielleicht einen Anstoß in die richtige Richtung geben. Aber egal was passierte, sie würde nicht in eine Richtung gehen, in die sie nicht gehen wollte.

Sie würde nicht noch einmal daran denken, sich zu verlieben.

Nein, nein, das würde sie nicht.

Am Montagmorgen fuhr sie mit dem Caddy direkt von ihrem Haus zur Werkstatt in Ranger, wo sie den Kostenvoranschlag für die Reparatur ihres Autos bekam. Der nette Fahrer des Abschleppwagens hatte bei der Abholung gesagt, dass das die beste Werkstatt dafür sei. Also fuhr sie dorthin, und der Gutachter sagte ihr, dass es nicht gut aussah. Dass sie den Zaun und den Baum mit gerade genug Kraft und in einem Winkel gerammt hatte, dass der Wagen im Grunde ein Totalschaden war.

Ein Totalschaden? Wie konnte das sein?

Sie sagte ihm, sie würde mit der Versicherungsgesellschaft sprechen und sich dann bei ihm melden. Ja, er hatte ihr gesagt, dass die Reparatur möglich sei, sie aber viel kosten und den Wert des Wagens überschreiten würde. Großartig! Und als sie draußen stand und ihre Versicherungsgesellschaft anrief, sagten sie genau das, was der Gutachter gesagt hatte: Totalschaden – sie würden ihr einen Scheck schicken.

Jetzt musste sie sich also mit der Anschaffung eines neuen Fahrzeugs auseinandersetzen. Sie hatte keine Ahnung, was sie wollte, und hatte nicht vorgehabt, in absehbarer Zeit eines zu kaufen. Sie würde also eine Entscheidung treffen müssen. Darüber musste sie sich Gedanken machen. Sie würde nicht einfach ohne nachzudenken in ein Autohaus gehen und das erste Auto kaufen, das sie sah. Sie nicht.

Sie hatte das Haus ihrer Großmutter zu verkaufen, sie hatte Geld gespart. Sie könnte ein neues Auto kaufen, hatte aber keine Ahnung, was sie wollte. Also ging sie und stieg in den Caddy, in den sie sich verrückterweise verliebt hatte, aber das war kein Alltagsauto. Außerdem würde Lacy ihn nicht verkaufen, was dachte sie sich also dabei?

Aus irgendeinem Grund hatte dieser Caddy etwas Besonderes an sich. Und als sie sich hineinsetzte, spürte sie, wie ihre Großmütter, eine auf jeder Schulter, sagten: „Fahr, Izzy, fahr!" Und so zerrissen, verwirrt und aufgewühlt sie auch war, sie lachte – ein dringend benötigtes Lachen – und tat dann genau das, was sie verlangt hatten.

Sie fuhr. Sie lächelte die ganze Zeit, obwohl ihr Tränen in die Augen stiegen.

Fahr, Baby, fahr! Wow, wie verrückt war das?

Also, was tat sie? Sie fuhr durch die Gegend, bis sie nach Stephenville kam, der nächstgelegenen Stadt, in der es tatsächlich Einkaufsmöglichkeiten gab, und genau das tat sie – einkaufen. Sie machte das nicht oft, aber es war ihr freier Tag, und sie war noch nicht bereit, nach Mule Hollow zurückzukehren. Dennoch liebte sie Jeans, T-Shirts und Flip-Flops oder Sneakers, sie ging nur nicht gern einkaufen.

Aber heute würde sie es tun. Alles, um sich von ihrem Haus an der Straße fernzuhalten, in der auch Luc wohnte. Also ging sie bummeln – kaufte aber nichts.

Drei Stunden später verließ sie Stephenville schließlich und kam am Cowboy Capital Walk of Fame in der Innenstadt vorbei, den sie interessant fand, aber sie hatte weder die Zeit noch den Drang, sich ihn anzusehen. Stattdessen fuhr sie über Landstraßen zurück nach Mule Hollow, die all diese kleinen Städte miteinander verbanden, von denen viele inzwischen ausgestorben waren. Wie Mule Hollow hatten sie durch den großen Ölboom Bekanntheit erlangt, doch als der geendet war, waren die Leute weggezogen und die Städte gestorben … Sie hatten nicht die Kupplerinnen von Mule Hollow, die auf die Idee gekommen waren, Frauen in die Stadt zu bringen, um die Cowboys unter die Haube zu bringen, die lange Arbeitstage und keine Muße hatten, bis in die nächste große Stadt zu fahren, um vielleicht ein Date zu finden.

Und so war Mule Hollows „Frauen gesucht"-

Kampagne aus dem Traum von Esther Mae, Norma Sue und Adela entstanden, und sie hatte Lacy Brown und Sheri Marsh in diesem rosa Caddy in die Stadt gebracht, und die Party hatte begonnen.

Es war eine Erfolgsgeschichte und faszinierte viele. Ihre Großmütter waren die größten Fans gewesen, also lebte sie jetzt hier und war in Schwierigkeiten. Als sie den Rand von Stephenville erreichte, sah sie einen Gebrauchtwagenladen, doch es war nicht das Schild, das ihren Blick anzog, sondern das glitzernde blassgrüne, fast mintgrüne Cabriolet, das auf einer Rampe unter dem Schild stand. Es war ein hübscher Zweisitzer, und da sie nicht anders konnte, riss sie das Lenkrad herum und fuhr mit dem großen Caddy auf den Parkplatz.

Was machst du?

Sie parkte den Caddy in der Nähe des anderen Autos, das sie für einen T-Bird hielt. Ein Design, das nur ein paar Jahre lang, vielleicht vier, produziert worden war, dann war die Produktion eingestellt worden, doch sie hatte immer wieder welche gesehen und sie hatten immer ihre Aufmerksamkeit erregt.

Was machst du?

Sie ging den kleinen Hügel hinauf, auf dem das Auto stand, keine Rampe, sondern tatsächlich ein niedriger Hügel, auf dem das Auto geparkt war und zur Schau gestellt wurde. Es funktionierte, weil es ihre Aufmerksamkeit erregt hatte.

Es waren nicht die üblichen Farben, die sie bei

anderen Autos gesehen hatte, das leuchtende Rot, das zarte Gelb, Schwarz oder Blau. Die hatte sie gesehen, aber dieser war ein glänzendes Mintgrün, und die Farbe zog sie an. Die Innenausstattung war aus weichem Leder, und sie gefiel ihr ebenfalls. Aber es war nicht neu –

„Er ist Baujahr 2003", sagte ein Mann und kam den kleinen Hügel hinauf, bevor er ihr gegenüber auf der Beifahrerseite stehen blieb. „Machen Sie die Tür auf, und setzen Sie sich. Den haben sie nur vier Jahre lang produziert, dann wurde die Produktion eingestellt. Dieses Exemplar ist eine Sonderedition, von der nur 1200 Exemplare in dieser Farbe hergestellt wurden. Es hat den Motor eines Jaguars und ein Metalldach, das elektrisch wegfaltet. Lässt sich einfach fahren, schnell oder langsam. Wollen Sie eine Probefahrt machen?"

Sie hatte sich auf den Sitz gesetzt, als er es vorgeschlagen hatte. Und jetzt waren ihre Hände am Lenkrad, und sie saß einfach da. Das Auto war viel, viel kleiner als der rosa Cadillac, aber das war in Ordnung, sie war ja allein. Er hatte einen besonderen Motor – von einem Jaguar, hatte er gesagt.

„Sie sagen, es fährt sich gut?"

Er grinste und lehnte sich an die Tür, um auf den Tacho zu zeigen. Darauf stand 160 mph. „Das Auto macht, was Sie wollen oder womit sie sich wohlfühlen – hoffentlich ist das nicht 160 Meilen pro Stunde auf der Landstraße."

Sie grinste. „Manchmal habe ich das Gefühl, dass

ich so schnell unterwegs bin. Mein Verstand macht nicht so langsam, wie ich will, aber so schnell fahren? Nein, ich glaube nicht, dass ich das tun würde."

Und das war für sie der Grund, warum sie wieder in den Caddy stieg und nach Hause nach Mule Hollow fuhr.

Sie war zeitig losgefahren, und es war erst früher Nachmittag, als sie nach Mule Hollow kam – zu früh, um nach Hause zu fahren und zufällig diesem Mann auf der Straße zu begegnen. Also sah sie sich die Boutique an, von der ihre Großmütter ihr erzählt hatten, da die Besitzerin in Mule Hollow verkuppelt worden war.

Sie hätte fast gelacht, wer wurde in Mule Hollow nicht verkuppelt?

Ich.

Sie parkte den Caddy vor dem Laden und ging hinein. Der charmante, vollgepackte Laden beeindruckte sie sofort, und sie fragte sich, warum in aller Welt sie den ganzen Weg nach Stephenville gefahren war, nachdem sie nach ihrem Auto gesehen hatte. Ashby's Treasures hatte alles.

„Du bist Izzy Cranberry", sagte eine hübsche Frau, als sie mit ausgestreckter Hand hinter der Theke hervorkam. „Ich habe gehört, dass du in die Stadt ziehen würdest. Danke, dass du vorbeischaust. Ich wäre zu deiner Begrüßung gekommen, war aber nicht in der Stadt. Ich bin Ashby."

„Kein Problem. Und ich freue mich, dich kennenzulernen. Das ist ein toller Laden!"

Sie lächelte. „Danke. Ich arbeite wirklich hart daran, kreativ zu sein und alle Frauen anzusprechen, die nach Mule Hollow kommen. Suchst du irgendwas Bestimmtes?"

„Ich kaufe nicht wirklich gern ein. Nur ein Mädchen mit Jeans und T-Shirt, aber ich bin neu in der Stadt und dachte, ich sehe mir mal alles an, anstatt an meinem freien Tag zu Hause herumzuhängen."

Ashby lächelte. „Das kenne ich. Ich erinnere mich, als ich in die Stadt gekommen bin, war ich die Großstadt gewohnt, hatte aber einen Online-Shop und dachte, ein bisschen Abwechslung wäre gut, und dieser Ort hat mich angezogen. Und als ich einmal hier war, bin ich nie wieder weggegangen. Aber glaub mir, Gott hatte einen Plan. Ich habe diesen Laden eröffnet und habe alles für die Frauen, die hier reinkommen. Ich habe eine kleine Auswahl an Cowboystiefeln, Hochzeitskleidern – ich habe einen wunderbaren Bereich dafür – Jeans und eine Auswahl schicker Kleidung für besondere Anlässe oder Dates." Sie lächelte. „In Mule Hollow ist das manchmal ein Muss."

„Sieht großartig aus." Es stimmte, sie hatte eine große Auswahl an Stilen, und Izzy fühlte sich von den Kleidern angezogen – warum, wusste sie nicht, aber sie waren so hübsch. Zarte Farben, verschiedene Längen und Schnitte. „So seltsam es auch klingen mag, wir alle haben ein Schicksal. Nicht jeder kennt seines, aber für mich ist es meine Boutique und der Umzug hierher – und dabei zu helfen, die passende Kleidung für meine

Kundinnen zu finden und ihnen zuzuhören. Lacy hat ihre Berufung in den Haaren gefunden, und darin, hier in der Stadt den Kupplerinnen zu helfen und einfach für jeden da zu sein, der sie braucht. Und ich habe gehört, dass es bei dir ähnlich ist.

Wenn ich in deine Augen schaue, sehe ich eine sehr fürsorgliche Frau, und du kannst zuhören und die Dinge für dich behalten. Das kann ich auch, und das ist wichtig. Den Menschen einen Ort zum Reden zu bieten, ist eine Berufung, von der nicht alle wissen, dass sie notwendig ist, aber sie ist wichtig."

Sie lächelte und spürte eine Verbindung zu Ashby, als ihre Worte zu ihr flossen. „So sehe ich das auch."

Ashbys Gesichtsausdruck wurde besorgt. „Ich weiß, wir haben uns gerade erst kennengelernt, und du musst mir nicht vertrauen, aber hast du heute was auf dem Herzen? Ich bin hier und möchte dir helfen und dich einfach kennenlernen. Aber egal, was passiert, ich bin hier und würde dir gern beim Einkaufen helfen oder wenn dir das lieber ist, kannst du dich auch allein umschauen, wenn dir das lieber ist."

Sie war großartig! Obwohl Izzy versucht war, mit ihr zu reden, weil ihr das Herz so schwer war, lächelte sie nur und ging dann zu den Kleidern, die an der Kleiderstange hingen. „Die sind wunderschön. Ich … ich bin nicht jemand, der viel redet, ich höre lieber zu. Das ist, was ich tue. Aber ich sehe, dass du aufmerksam bist, und ich möchte mich für das Angebot bedanken. Aber ich habe auch diesen starken, seltsamen Wunsch, ein hübsches Kleid zu kaufen. Eines dieser schlichten, aber schönen Modelle, die man schick oder lässig stylen kann."

„Du hast ein tolles Auge. Genau so sind sie. Ich sage nicht, dass du deshalb eins brauchst, aber sie sind perfekt für ein Date. Und das ist eine Sache, an die ich immer denke, wenn ich einkaufen gehe und Sachen für meinen Laden aussuche. Frauen kommen hierher, um die Aufmerksamkeit eines Cowboys auf sich zu ziehen. Und ich bin hier, um ihnen dabei zu helfen." Sie lächelte. „Ich liebe es. Ich lächle und hoffe, dass sie durch mein Lächeln und Handeln erkennen, dass ich den Herrn liebe und dass er mir Gutes getan hat, indem er mich hierhergebracht hat, mir meinen süßen, lieben Dan gezeigt und mir die Liebe gegeben hat, anderen Frauen dabei zu helfen, das perfekte Outfit zu finden, um einen Cowboy auf sich aufmerksam zu machen. Und sich vielleicht zu verlieben. Ich sage vielleicht, weil ich und meine Kleider nicht dafür verantwortlich sind. Das Mädchen, der Cowboy und Gott, die sind dafür verantwortlich – also schauen wir uns die Kleider an, und du probierst einfach an, was dir gefällt. Du musst nichts kaufen."

Izzys Blick blieb an dem Kleid hängen, dessen zarter Goldton in ein sanftes Orange überging und am Saum fast rostrot war. Die Kombination war … „Das ist wie ein Sonnenaufgang – nein, ein Sonnenuntergang."

„Volltreffer. Ich nenne es mein Sonnenaufgangs-/Sonnenuntergangs-Kleid. Ich konnte es mir nicht entgehen lassen, als ich es gesehen habe. Ich liebe den Sonnenaufgang am Morgen, wenn man früh aufsteht, aus dem Fenster blickt und genau diese Farben am Horizont sieht. Es ist ein romantischer Look, der mich einfach angesprochen hat. Dich auch?"

Izzy konnte es nicht leugnen. „Sehr sogar." Sie griff nach dem Kleid, fand ihre Größe, dann führte Ashby sie in die Umkleidekabine.

„Probier es an, und ich muss dir ein Paar Schuhe dazu zeigen."

Izzy zog sich schnell um, und ihr Herz zog sich zusammen, als sie sich im Spiegel sah. Sie konnte es sich nicht entgehen lassen und wusste, dass sie eines Tages – nicht so bald – dieses Kleid bei ihrem ersten richtigen Date auf der Suche nach ihrer Zukunft tragen würde.

Eine Sache, mit der sie nie anfangen würde, war, zu daten, um ihre Zeit totzuschlagen. Sie hatte einfach weder die Zeit noch die Lust dazu. Sie würde die Augen offenhalten und wachsam sein und sofort abbrechen, wenn sich etwas nicht richtig anfühlte. Das bedeutete nicht, dass sie es sofort bemerken würde, aber sie würde auf der Hut sein. Sie hatte einmal den Fehler gemacht und war mit einem Mann ausgegangen, der ein Betrüger gewesen war. Sie hatte herausgefunden, dass er es darauf abgesehen hatte, an das Erbe ihrer Großmütter heranzukommen, und dass er versucht hatte, sie zu manipulieren. Gott sei Dank hatte sie ihn durchschaut und ihm den Laufpass gegeben. Gott sei Dank hatte sie von ihren starken Großmüttern gelernt und ihn als das erkannt, was er war. Sie wollte sich nicht einmal vorstellen, welche arme Frau am Ende bei ihm gelandet war, doch dann hatte sie eines Tages erfahren, dass er geheiratet hatte. Die Frau war jedoch schlau geworden, als er eine Affäre hatte, und hatte ihn rausgeworfen.

Die Frau hatte danach wahrscheinlich wie Izzy ein Auge dafür bekommen, Idioten schnell zu erkennen. Zumindest ging Izzy davon aus, doch sie war auch ein zurückhaltendes Mädchen und wurde nicht mehr oft angesprochen.

Nicht, dass sie das störte. Sie hatte ihre Pläne und würde bald auf dem richtigen Weg sein. Nachdem sie sich den Traum ihrer Großmütter erfüllt hatte, diese nette kleine Stadt zu erkunden.

Zum Glück hatte sie diese eine falsche Entscheidung, mit einem Idioten auszugehen, auch gelehrt, dass sie, wenn sie anfing, nach Liebe zu suchen, mit einem Röntgenblick nach allem suchen würde, was an einem Mann nicht stimmen könnte. Und es würde so schnell oder so langsam passieren, wie sie es wollte und niemand sonst.

Aber dieses Kleid. Als es an der Tür der Umkleide klopfte, wurde ihr bewusst, dass sie sich seit mehreren Minuten im Spiegel anstarrte.

„Ich habe ein Paar Schuhe, bei denen ich nicht widerstehen konnte, sie zu bestellen, als ich das Kleid ausgesucht habe.”

Izzy öffnete die Tür und starrte auf die blassbeigen

Pumps, die wunderschön waren. Nicht zu hoch und nicht zu niedrig. Sofort setzte sich Izzy auf den Hocker neben der Tür und schlüpfte in die Schuhe. „Sie passen perfekt. Und ich liebe sie!" Sie stand auf und war verblüfft darüber, wie perfekt sie sich in diesem Outfit fühlte. Sie lächelte Ashby an und sagte: „Du bist großartig! Ich nehme das Kleid und die Schuhe und ... das Kleid da muss ich auch anprobieren." Und so verbrachte sie die nächste halbe Stunde damit, Kleider anzuprobieren und sich mit Ashby zu amüsieren.

Und sie war glücklich, ohne an den Cowboy zu denken, der neben ihr wohnte.

Nun ja, fast ohne.

KAPITEL NEUNZEHN

Luc hielt sich die ganze Woche von der Stadt fern, bis er am Donnerstag Futter in Petes Futterladen abholen musste. Also machte er sich nach neun auf den Weg, weil er wusste, dass Heavenly Inspirations um neun Uhr öffnete und seine Nachbarin immer pünktlich war. Er war auf einem seiner frisch zugerittenen Pferde, das einen schönen Ausritt brauchte, über die Ranch geritten. Da er wusste, dass sie bei der Arbeit war, ritt er über die Weiden und den Hügel hinauf, von dem aus er das kleine Haus überblicken konnte, in dem die funkelnden Windspiele im Wind sangen.

Er hatte dort gesessen, und obwohl er es nicht wollte, hatte er auf die kleine Veranda hinter dem Haus gespäht und sich gefragt, wie es wäre, in einer sternenklaren Nacht mit ihr dort zu sitzen, während die Glühwürmchen um sie herum funkelten und die Windspiele leise klimperten, während der Wind den Duft von Geißblatt herüber wehte.

Er war sich nicht sicher, warum ihm das durch den Kopf ging – die Veranda sah einladend aus. Er hatte auch eine – und saß allein darauf und sah zu, wie die Nacht vorüberzog, aber in letzter Zeit schienen die Stunden endlos dahinzukriechen.

Dann drehte er sich um und ritt davon und hatte nicht vor, zurückzukehren. Es war nicht nötig, seinen Kopf noch mehr durcheinanderzubringen, als er es ohnehin schon war. Er hatte beschlossen, nicht noch einmal mit ihr zu reden, weil er sich ihr fast geöffnet hätte. Pace hatte gesagt, dass Reden manchmal das Herz beruhigte. Und er hatte sich im Laufe der Jahre etwas entspannt, doch seit sie hier angekommen war, war nichts besser, sondern nur schlimmer geworden.

Er schlief nicht, und er träumte nicht – weil er nicht schlief – und das war gut so. Seltsam, dass er es nicht wollte, aber das Letzte, was er brauchte, war, von der Frau nebenan zu träumen.

Von Izzy Cranberry zu träumen wäre nicht gut. Es würde dazu führen, dass er Dinge wollte, die er nicht wollen wollte. Dinge brauchte, die er nicht brauchen wollte. Sehnsucht nach Liebe …

Mann, er war in Schwierigkeiten!

Wenn man liebt, verliert man, und er konnte das nicht zulassen – aber heute musste er zu Pete's Feed and Seed, und daran führte kein Weg vorbei. Also würde er sich auf den Weg machen, holen, was er brauchte, und dann nach Hause zurückkommen.

Das war einfach. Doch morgen würde es kein Entrinnen geben, denn er musste zu einer Party im Haus von Norma Sue und Roy Don. Und Izzy würde da sein.

Er fuhr in die Stadt, vorbei am falmingopink gestrichenen Salon, zum gelben Futtermittelladen, parkte auf einem Parkplatz davor und ging hinein. Erst da sah er, dass App und Stanley mit Pete an der Theke standen.

Sie waren hier, um einen neuen 5-Pfund-Beutel mit Sonnenblumenkernen zu kaufen. Sie rauchten nicht, hatten aber immer einen Spucknapf im Diner, in den sie ihre Sonnenblumenschalen spuckten. Er hatte mehrere Male mit ihnen gespielt, und sich an das Klappern der Schalen auf der breiten Öffnung des Spucknapfes gewöhnt.

„Hey Leute, Zeit, den Vorrat an Sonnenblumenkerne nachzufüllen?"

App war der Erste, der sprach, obwohl er angeblich der Schwerhörigere war. „Ja, ich kann nicht den ganzen Tag Dame spielen, ohne ein paar Kerne in den Pot zu spucken und sie klappern zu hören."

„Wir sind es einfach gewohnt", sagte Stanley mit einem breiten Grinsen. „Pete muss heute extragroße Kerne für uns finden, damit das Klappern laut genug ist, dass wir es hören können."

„Und sie schmecken auch gut", unterbrach Applegate. „Sam lässt uns das machen, also sind wir hier. Hey, du musst heute mit uns Dame spielen kommen."

„Ich bin hergekommen, weil ich was von Pete brauche. Ich muss Pferdefutter einladen, dann fahre ich zurück nach Hause."

Applegate stemmte seine knochige Faust in seine knochige Hüfte und runzelte die Stirn, was seinen säuerlichen Gesichtsausdruck noch intensiver machte. „Versuchst du, der hübschen Friseurin aus dem Weg zu gehen?"

„Nein, wie kommen Sie darauf?"

„Es gibt keinen Grund, es zu leugnen. Wir haben das Interesse in deinen Augen gesehen, und du hattest diesen Ausdruck jedes Mal, wenn du dem kleinen Ding begegnet bist, seit sie hier ist. Und dann war da noch die Sache mit den Ferkeln. Glaub mir, Junge, wir haben zugeschaut."

Sein Blick wanderte zu Pete. „Bitte mich nicht, mich einzumischen."

Richtig. In so eine Sache wollten sich nicht viele einmischen außer Norma Sue, Esther Mae und Adela. „Schaut, ich weiß, dass ihr da drinsitzt und so tut, als könntet ihr nichts hören, aber jeder in der Stadt weiß, dass ihr diese superstarken Hörgeräte einschaltet und alles hören könnt, was hier vor sich geht. Oder an jedem anderen Ort. Habt ihr zwei also was gehört, das ich wissen muss?"

Sie sahen einander an und dann wieder ihn.

„Nun", sagte Stanley. „Wir haben gestern die

Frauen reden hören. Sie sind zu dem Schluss gekommen, dass Lacy, nachdem sie Izzy in dem Haus untergebracht hat, in dem sie und Sheri gelebt haben, als sie in die Stadt gezogen sind – dass sie vielleicht was über dich und Izzy weiß, was alle anderen nicht wissen. Ob es wahr ist oder nicht, keine Ahnung. Die drei Ladys wissen es auch nicht, aber wir wissen, dass sie eine großartige Friseurin ist. Das ist alles, was wir gehört haben, und ich muss dir sagen, dass alle darüber reden, was für eine großartige Friseurin sie ist, genau wie Lacy. Und na ja, sie denken, dass es vielleicht einen Grund gibt, weil ihre Großmütter sie hierhergeschickt haben."

„Was hat das mit mir zu tun?"

Applegate schlug sich mit der Hand auf den Oberschenkel. „Junge, du lebst in dem Haus, in dem Pace gelebt hat, und du bist von demselben Ort hierhergekommen, von dem Pace gekommen ist. Du weißt schon, die Einsamkeit am Ende der Welt. Wo vor allem im Winter niemand da ist, außer dir und dem Vieh, um das du dich kümmerst. Bedeutet, dass du ein Einzelgänger bist oder jemand, der sich vor der Welt verkriecht. Und obwohl Pace jemand ist, der den Mund hält, sind wir alle zu dem Schluss gekommen, dass er dich aus einem Grund hierhergebracht hat – einem guten Grund."

„Dass du Hilfe brauchst", sagte Pete und schnitt dann eine Grimasse, weil er sich eingemischt hatte.

App zog eine Augenbraue hoch. „Und ob du

glaubst, dass ich und Stanley Kuppler sind oder nicht, wir sind gut darin zu helfen. Ich sehe vielleicht aus wie ein mürrischer alter Zahnstocher, aber wenn Gott jemanden vor mich stellt, fängt mein Gehirn an zu arbeiten. Und das tut es immer noch."

„Glaub mir", grunzte Stanley. „Die Räder drehen sich. Diesem alten Hund geht was durch den Kopf, und er hört nicht auf, darüber nachzudenken. Und er hat dich im Kopf, dich, Junge. Denn wir wissen, dass es eine Erleichterung für deinen Geist ist, wenn du Dame spielst. Dieser Geist, der sich nicht immer zeigt. Aber du singst im Chor, und wir sehen dein Gesicht, und wir wissen ohne jeden Zweifel, dass was an dir nagt. In deinem Kopf unter deinem Cowboyhut geht was vor sich, und wir haben das Gefühl, dass der Herr am Werk ist."

Er starrte die Männer, die sonst nicht viel redeten, nur an. Was war passiert?

„Pete, ich brauche Pferdefutter. Ich brauche es in meinem Truck, und ich muss weiter. Ich werde es selbst aufladen." Er holte tief Luft. „Leute, da ist nichts. Nichts, worüber ich reden will, selbst wenn da etwas wäre. Also könnt ihr euch alle zurückziehen, denn ich bin nicht eure nächste Mission."

Damit reichte er Pete seine Liste und ging nach hinten. Pete hatte die Tür bereits aufgestoßen. Sie gingen beide in das große Lager. Es gab riesige Stapel Futter und Saatgut und alles, was man sonst noch auf einer Ranch brauchte. Hinter dem Gebäude gab es einen Bereich, wo man seinen Truck parken und große Ladungen abholen konnte. Größere Ladungen lieferte Pete auch, doch so große Ladungen brauchte er nicht.

Er hatte vor dem Laden geparkt – da wurde ihm plötzlich klar, dass er von seinem Parkplatz aus Heavenly Inspirations, Sam's Diner, Pete's Feed and Seed und den Kaktusfeigengelee-Laden sehen konnte. Von dort aus, wo er geparkt hatte, konnte er jeden Eingang und alle sehen, die parkten oder in diese Geschäfte hinein- und herausgingen.

Warum hatte er dort geparkt? Warum war er nicht gleich nach hinten gefahren, um dort seinen Truck zu beladen?

Er kannte die Antwort. Er wollte sie nicht wahrhaben. Und, nein, er würde sie nicht besuchen.

„Komm rüber und spiel Dame mit uns. Das letzte Mal ist schon ein paar Tage her."

Luc drehte sich um, und da standen die beiden Intriganten und starrten ihn an, ihre große Tüte Sonnenblumenkerne hielt App in seinen dürren Armen.

„Leute, hört auf! Hört einfach damit auf!"

„Schau", sagte Applegate gedehnt. „Wir werden nichts mehr sagen, aber du siehst gestresst aus, und da hilft Dame manchmal."

„Und wenn das nicht hilft", fügte Stanley hinzu. „Dann werden Sams Kaffee oder Nachtisch helfen."

Sie starrten ihn an, und er seufzte. Sie versuchten,

ihm zu helfen. „Hört zu, Leute, ich weiß im Moment nicht, was ich denken soll. Aber ich will mich nicht verkuppeln lassen, nur, weil ich in Mule Hollow lebe. Dafür bin ich nicht hergekommen. Ja, ich werde euch beiden gegenüber ehrlich sein, und zu dir auch, Pete. Ich bin hierhergekommen, weil Pace wusste, dass ich einen Ort brauche, an dem ich neu anfangen konnte. Einen Ort, an dem man sich nicht versteckt. Er wusste, dass ich kein Einzelgänger bin und dass Mule Hollow mir guttun würde – aber ich bin nicht hier, um eine Frau zu finden. Ich spiele gern mit euch Dame. Wenn ich im Winter allein da draußen war, habe ich mit mir selbst Dame gespielt. Ich habe die eine Seite gespielt und dann die andere. Es war lächerlich, also, ja, Leute, es macht mir Spaß, mit euch zusammen zu sein, und das hat nichts damit zu tun, dass ich mich verkuppeln lassen will."

Alle drei grinsten. Die Falten auf Apps Gesicht waren überall, das Lächeln, das er selten zeigte, ließ ihn so zerknittert aussehen, wie er es noch nie gesehen hatte. Und Stanleys Augen leuchteten, und er lächelte von einem Ohr zum anderen und erinnerte ihn an Norma Sues breites Lächeln, das praktisch von einem Ohr zum anderen reichte. Diese Frau hatte das breiteste Lächeln, das er je gesehen hatte. Und Pete, nun ja, sein Grinsen sprach Bände.

„Okay, ich werde eine Partie Dame mit euch spielen, aber ich werde nicht lange bleiben."

Pete nahm einen Sack Futter und ging an ihm vorbei zur Tür. „Gute Entscheidung. Manchmal muss man einfach seine Grenzen überschreiten. Ich weiß, dass ich nicht viel sage, aber, Alter, du hast Grenzen, wie ich sie noch nie zuvor gesehen habe. Also geh nur spielen, ich lade indes deinen Truck."

Und so ging er den holzbeplankten Gehweg entlang zu Sam's Diner, und als sie näher kamen, sah er Norma Sue herauskommen, die sich darauf mit einem Grinsen im Gesicht auf den Weg zu Heavenly Inspirations machte.

KAPITEL ZWANZIG

Izzy arbeitete, und Lacy hatte sich den Rest der Woche freigenommen.

Sie war gerade mit der Frisur von Pollyanna Talbert fertig, als Norma Sue den Salon betrat.

„Ich sollte meine Haare machen lassen, aber ich habe Lust essen zu gehen, also lasst uns meine Haare verschieben und rübergehen und was zu Mittag essen", sagte Norma Sue, als sie hereinkam.

Izzy sollte heute ihre Haare machen, und jetzt wurde ihr klar, dass Norma Sue vielleicht gar wollte, dass sie ihr die Haare machte, nachdem sie gesehen hatte, wie sie Esther Mae frisiert hatte. „Norma, wenn du lieber willst, dass Lacy dir die Haare frisiert, ist das in Ordnung."

„Nein, nein, ich möchte, dass du es machst, aber ich bin am Verhungern, und weißt du, wenn ich hungrig bin, wird mir manchmal schwindelig – na ja, nicht so schlimm. Ich möchte nur was zu essen. Komm schon, ich lade dich ein. Euch alle. Esther Mae und Adela sind schon da drüben am Tisch."

Sie hatte gerade Pollyannas Haare geschnitten, eine zierliche Frau mit langen lockigen Haaren, die außerhalb der Stadt nebenbei eine Pension betrieb. Sie hörte sich nett an. Das Lied „Old McDonald" war mit den vier Kindern, die sie hatten, und den Tieren, von denen sie ihr erzählt hatte, zum Leben erwacht – ein singender Nymphensittich, Ziegen und wegen ihres Hundes Bogie, der allmählich älter wurde, züchteten sie jetzt Shar Pei, da sie wollte, dass er seine lustige Art an seine Welpen weitergab. Sehr süß, vor allem, nachdem Pollyanna ihren ersten Ehemann verloren und Bogie ihr über den Verlust hinweggeholfen hatte.

Izzy fragte sich jetzt, ob Luc einen Hund brauchte – *nein*. Sie würde ihre Gedanken nicht zu ihrem Nachbarn schweifen lassen, der sich immer noch hartnäckig weigerte, ihr aus dem Kopf zu gehen.

„Das hört sich gut an", sagte Pollyanna, als sie ihre Handtasche aufhob. „Aber ich muss zurück in die Pension. Heute kommen Gäste an, und ich muss dort sein, nicht, dass sie glauben, dass sie meinen Nymphensittich, der mit meiner Stimme durch die Tür zu ihnen spricht, für mich halten." Sie grinste. „Wir wissen nie, was er als Nächstes sagt. Sobald ich ihn neuen Gästen vorstelle, lieben sie ihn, aber ich muss am Anfang da sein, wenn ich nicht will, dass sie mich für eine Verrückte halten. Danke für den Haarschnitt, der ist toll! Aber ich muss auch das Abendessen kochen.

Nächstes Mal komme ich vielleicht mit."

Sie sah Norma Sue an. „Weißt du, ich finde es immer schön, wenn jemand anderes kocht, also freue ich mich besonders auf die Party morgen Abend. Dann könnt ihr mir auch erzählen, was es heute zum Mittag gegeben hat. Ich finde, im Sam's gibt es immer ganz tolles Essen."

Warum klang dieses ganze Gespräch über das Essen etwas seltsam? Sie hatte Izzy schon bezahlt, und bevor sie ging, tätschelte Pollyanna ihr den Arm. „Viel Spaß, ich kann dir versprechen, dass diese Ladys beim Mittagessen sehr unterhaltsam sein können."

Und dann ging sie zur Tür hinaus, und Izzy stand da mit einem verschobenen 45-minütigen Termin und ihrer Mittagspause. Und ablehnen konnte sie schlecht. „Okay, nach dir."

Lacy hatte sie gewarnt, dass manchmal spontane Dinge passierten, und es am besten war, einfach mitzumachen. Sie war sich nicht ganz sicher, ob sie das ernst nehmen sollte oder nicht. Jetzt machte sie sich noch mehr Sorgen darüber, wie sie damit umgehen sollte. Sie folgte der grinsenden Norma Sue aus dem Laden, schloss hinter sich ab, dann überquerten sie die Straße und betraten Sam's Diner. Es war Mittagszeit, und der Gastraum war voll. Sam redete mit den Damespielern und versperrte die Sicht auf den Cowboy, der mit ihnen am Tisch saß. Esther Mae und Adela saßen direkt hinter ihm, und als sie sie sahen, lächelten sie breit und winkten ihr zu, um sie zu begrüßen.

Sie versuchte, die plötzliche Anspannung, die sie spürte, abzuschütteln. Das war schön. Sie akzeptierten sie und machten sie zu einem Teil ihrer Gruppe ... also warum, oh, warum nur kam ihr das alles ein wenig seltsam vor?

Sie setzte sich auf den Stuhl, auf den Esther Mae klopfte. Es war der Stuhl, der Sams Rücken zugewandt war, und Norma Sue setzte sich neben sie, da Adela auf dem Stuhl saß, der ihrem Mann am nächsten war. Etwas war seltsam ... aber was?

Dann, im nächsten Moment, drehte sich Sam mit einem Grinsen im Gesicht in ihre Richtung um, legte seine faltige Hand auf die Schulter seiner Frau und tätschelte sie sanft. „Ah, meine Damen, schön, euch zu sehen. Und Izzy, es ist Mittagszeit, und wie ich sehe, hast du eine tolle Aussicht." Dann trat er zur Seite, und der Mann, der auf dem Stuhl gegenüber dem Fenster saß, war ausgerechnet ihr Nachbar.

Als sie begriff, dass das geplant gewesen war, sah er sie an, und sie bemerkte, dass er sich dessen auch gerade bewusst geworden war.

„Sieh an, wer sonst noch hier ist", gurrte Esther Mae. „Ich habe dich gar nicht gesehen, weil Sam im Weg war. Also, wie gefällt es dir, mit diesen beiden ränkeschmiedenden alten Käuzen Dame zu spielen?"

„Sag nichts Schlechtes über uns", brummte Applegate. „Du weißt, dass du auch deine schlechte Seite oder deine schlechten *Seiten* hast."

„Ich mache doch nur Spaß", gurrte Esther Mae. „Ihr

wisst doch, dass ich euch listige alte Hunde mag, besonders jetzt, weil ihr diesen netten Cowboy an eurer Seite habt. Er wird euch beiden wahrscheinlich beibringen, wie man wirklich Dame spielt."

Während des gesamten Gesprächs starrten sie und Luc einander an. Sie hatte das Gefühl, dass sie beide manipuliert worden waren, weil er genauso genervt aussah, wie sie sich fühlte.

„Aber, aber meine Lieben", sagte Adela sanft. „Es wird ein schönes Essen. Sam, bringst du mir bitte meinen Kaffee? Und, Ladys, was wollt ihr? Ihr drei spielt nur weiter, wir werden essen und uns amüsieren."

Adela schien also die Rolle zugeteilt worden zu sein, die Verschwörung zu beruhigen.

Es war Zeit zu gehen. Er musste weg, doch trotz allem hatte er der Unterhaltung am Tisch hinter sich zugehört. Als Norma Sue sie lautstark gefragt hatte, ob sie schon Reiten gegangen sei, hatte Izzy geantwortet, nein, noch nicht. Und dass sie es vielleicht auch nicht tun würde, bevor sie weiterzog.

Sie würde weggehen. Seine Gedanken waren nicht beim Spiel, sondern bei der Unterhaltung. Dieses Spiel war mit Stanley, und er hatte seinen Zug gemacht und Stanley hatte gegrinst und seine letzten Steine abgeräumt.

„Also, ich hab' dich und fühle mich nicht gut dabei, weil du dich nicht konzentriert hast. Du weißt selbst, dass du ein besserer Spieler bist. Das war so einfach wie einem Kleinkind den Lutscher aus der Hand zu klauen."

„Ja, Leute, ich muss los. Danke. Es war wie immer schön, mit euch beiden zu spielen und euch den Tag mit ein paar Siegen zu versüßen. Ich weiß nicht, ob ihre Antwort euch den Tag versüßen wird, aber meine Frage sicher." Er stand auf, drehte sich um und weil seine Worte absichtlich so laut waren, dass die Cowboys sie hören konnten, sahen ihn alle vier Frauen, die hinter ihm am Tisch saßen, an. Sogar Izzy.

„Ging es gerade um mich?", fragte sie direkt.

„Ja. Als ich dich sagen gehört habe, dass du noch nicht geritten bist, fiel mir ein, dass ich dir gesagt hatte, ich werde mit dir Reiten gehen, und das habe ich bisher noch nicht gemacht. Heute wäre ein toller Tag dafür. Wenn du also Zeit hast, sobald du mit der Arbeit fertig bist, dann können wir gern einen Ausritt machen." Er stammelte. Warum stammelte er? „Ich fahre nach Hause, und ich habe da ein tolles Pferd für dich, das ich satteln werde, und es wird später auf dich warten. Kein Druck. Du kommst, und wir reiten. Ich werde dafür sorgen, dass du in Sicherheit bist und dass Mammoth nicht in der Nähe ist." Er nahm seinen Hut ab. „Ladys, ich wünsche Ihnen allen noch einen schönen Tag."

Er sah, dass Izzy geschockt war, als er sich umdrehte und ging. An der Tür angekommen, ertappte er Sam dabei, wie er ihn von einem Tisch in der Nähe der Tür aus beobachtete. Sam zeigte ihm ein „Daumen hoch", das Izzy nicht sehen konnte.

War er so laut gewesen, dass das ganze Diner es gehört hatte? Hatten alle gehört, wie er sie gebeten hatte, mit ihm Reiten zu gehen? Er ging zur Tür hinaus – was sein sollte, würde sein, und damit gut.

Er kam nach Hause und tat genau das, was er versprochen hatte. Er holte das hübsche, sehr zahme Pferd aus der Box, eines von Pace' Pferden, das seiner Frau Sheri gehörte. Denn wie Izzy war Sheri kein Cowgirl gewesen, als sie hierhergezogen war. Sie war Maniküristin gewesen. Und sie hatte einen Pferdetrainer und Cowboy wie ihn geheiratet. Also führte er die zahme Stute hinaus und band sie am Zaun fest, damit Izzy, wenn sie mit dem rosa Caddy auf den Hof fuhr, Goldie sah und wusste, dass sein Angebot kein Witz gewesen war.

Und dann, um sich von der Frau abzulenken, mit der er unbedingt ausreiten wollte, ging er zum Stall, wo die Pferde, die noch nicht zugeritten waren, darauf warteten, an die Reihe zu kommen. Er öffnete die Tür der Box und ließ eines der Pferde heraus, dann öffnete er das Tor des Stalls, damit das Pferd in den Paddock laufen konnte. Innerhalb weniger Augenblicke stand er mit einem wilden Hengst im Auslauf.

Das war ein guter Weg, den Kopf freizubekommen, vor allem, wenn das Pferd einen Kampf wollte. Es bedurfte eines ruhigen, berechnenden und konsequenten Verstandes, um ein solches Tier zu zähmen. Also brauchte Luc jetzt ein wildes Pferd, um sich von seinem eigenen Wahnsinn zu befreien.

Warum hatte er seine Nachbarin zum Reiten eingeladen?

Die Frauen hatten sie sofort gedrängt, sein Angebot anzunehmen.

Weil ihre Großmütter gewollt hätten, dass sie mit einem Cowboy ritt, während sie in Mule Hollow war. Auch wenn sie ihre Sachen in absehbarer Zeit packen und weiterziehen würde, war das Reiten mit einem Cowboy ein unvergessliches Erlebnis. Und was tat sie?

Sie nutzte es als Vorwand, um diesen pinkfarbenen Caddy an ihrem Haus vorbeizufahren. Es war mittlerweile fast vier Uhr, und sie war auf dem Weg zu Luc.

Das Erste, was sie sah, war das wunderschöne goldene Pferd mit der blassblonden Mähne. Es war atemberaubend und wartete an einen Zaun gebunden auf sie. Sie musste sich nicht fragen, wo er war, sie wusste es. Er wartete nicht auf sie, er hatte nur getan, was er gesagt hatte, und ein Pferd für sie bereitgestellt. Er hatte gewusst, dass sie kommen würde – oder es zumindest gehofft.

Das sollte sie nicht denken. Sie sollte sich nicht fragen, ob er hoffte, dass etwas zwischen ihnen passieren würde. Für sie war das kein guter Gedanke. Aber sie wollte sicher nicht, dass er sich dasselbe fragte. Sie waren nur zwei Leute, die in die falsche Sache verwickelt waren. Etwas, das keiner von ihnen wollte, besonders er nicht. Also verdrängte sie alle Gedanken daran.

Schaltete sie ab.

Ihr Herz hatte keine Verbindung dazu. Zu ihm.

Sie wollte einfach auf einem Pferd reiten.

Immer wieder kam ihr ein Lied in den Sinn, sie konnte sich nicht an den Text erinnern, nicht an den Namen, doch sie wusste, dass in dem Lied jemand auf einem Pferd ritt. Ritten sie über eine Weide oder über eine Straße, ritten sie zusammen auf einem Pferd?

Sie und Luc würden jeweils auf ihrem eigenen Pferd reiten – nicht zusammen. Sie sah sich das Pferd noch einmal an. War es ein zahmes Pferd? Sie wollte nicht riskieren, dass sie abgeworfen wurde, da das ihr allererster Ausritt überhaupt war. Während sie das Pferd betrachtete, stieg sie aus dem Auto aus, und das Pferd bewegte sich, drehte sich zu ihr um und wieherte auf eine sehr freundliche, sanfte Weise. Es neigte den Kopf zur Seite und sah fast so aus, als würde es sie anlächeln.

Oh ja, das war ein schönes Pferd. Auf keinen Fall konnte ein Pferd, das sie so friedlich ansah, ein bösartiges Tier sein.

Und ob sie wollte oder nicht, sie vertraute darauf, dass Luc ihr ein braves Pferd zum Reiten ausgesucht hatte.

Sie ging auf den Paddock zu, der weiter hinten war, wo sie ihn schon einmal gesehen hatte. Sie kam an den Zaun, und da war er im Auslaufmit einem Pferd, das nicht glücklich aussah. Als sie auf sie zukam, richtete sich das Pferd auf die Hinterbeine auf und schlug mit den Vorderbeinen nach Luc. Luc hatte seine Stange mit der Fahne am Ende und stand ruhig und ungerührt da, während er sie neben dem aufgebrachten Tier schwenkte. Er hielt die Zügel in der Hand, während das Pferd seine Wut weiterhin deutlich zeigte.

Luc konnte leicht getreten werden – aber tief in ihrem Herzen wusste sie, dass das nicht passieren würde. Luc konnte mit allem umgehen, was ein Pferd tun könnte. Er schwenkte die Fahne. Das Pferd ließ sich auf alle vier Hufe fallen und starrte Luc an. Wahrscheinlich fragte es sich, warum der Cowboy trotz seiner Demonstration von Größe immer noch so ruhig war. Offensichtlich versuchte das widerspenstige Pferd, herauszufinden, was es als nächstes tun würde.

Wie sie. War sie so? Ja. Ihre Großmütter sangen zusammen. *Ja, ja, ja, du bist störrisch ... streitsüchtig ... geradezu mürrisch –*

„Mann, jetzt erfindet ihr in meinem eigenen Kopf Lieder über mich", murmelte sie leise, holte dann Luft und meldete sich zu Wort. „Hi. Ich bin hier", sagte sie laut genug, dass er es hören konnte, aber hoffentlich nicht so laut, um das Pferd noch mehr zu irritieren.

Sofort drehte sich Luc um. „Gut, und ich hier."

Die beiden würden also Reiten gehen ...

KAPITEL EINUNDZWANZIG

Er hatte vielleicht vierzig Minuten mit dem Pferd gearbeitet, und das Pferd war nicht glücklich. Das spielte jedoch keine Rolle, denn in dem Moment, als er Izzys Stimme hörte, war er fertig mit dem Training. Und er wusste, dass er in Schwierigkeiten war. Er hatte sich die ganze Zeit über Gedanken gemacht, anstatt sich auf das Pferd zu konzentrieren. Warum hatte er sie eingeladen, heute herzukommen? Er wusste, dass er es hatte tun müssen.

Ja, wenn das alles vorbei war, würden sie getrennte Wege gehen, doch im Moment wollte er sie einfach auf einen Ausritt über dieses wunderschöne Land mitnehmen. Ihr etwas zeigen, das sie sehen wollte, das sie wissen wollte, und er wollte derjenige sein, der ihr die Gelegenheit bot, das zu erleben, was ihre Großmütter ihr zeigen wollten.

Alles andere, das ihm durch den Kopf ging, verdrängte er in eine Schublade und verriegelte sie mit einem Schloss. Er würde sich später darum kümmern, aber heute, an diesem Nachmittag, war er ein freier Mann und dachte weder an seine Vergangenheit noch an seine Zukunft. Er dachte nur daran, diese hübsche, freundliche Frau auf einen Ausritt mitzunehmen, den sie nie vergessen würde.

Einen Ausritt, der ihre Großmütter glücklich machen würde.

„Freut mich, dass du gekommen bist. Goldie wartet schon, und ich kann dir versprechen, dass sie ein tolles Pferd ist. Pace hat sie trainiert, und sie ist das zweite Pferd, das er für seine Frau Sheri ausgebildet hat. Als sie nach Mule Hollow gekommen ist, hatte sie auch noch nie zuvor auf einem Pferd gesessen. Sie war in diesem pinkfarbenen Caddy gekommen, um ihrer Freundin beim Zaubern zuzusehen …" Er lachte bei dem Gedanken. „Jedenfalls ist Lacy nicht die einzige Frau, mit der du etwas gemeinsam hast, du hast auch Sheris Tatendrang. Sie war Lacys Freundin und ist mitgekommen, um zuzusehen, wie die Party begann. So wie du gekommen bist, damit deine Großmütter dich reiten sehen können."

Sie lächelte über seine Worte. „Und sie werden sich amüsieren, das ist sicher."

Sein Herz machte einen Schnalzer wie ein Fallschirmspringer, der von einer Böe erfasst wird. „Wir werden deinen Großmüttern einen tollen Tag bescheren. Vergiss einfach alles andere. Das werde ich auch tun. Ich habe nicht vor zu heiraten, und du hast nicht vor zu bleiben. Sagen wir heute einfach: Wir werden alle in deinem Kopf und oben im Himmel glücklich machen. Sogar die Ladys im Diner und App, Stanley und Sam auch. Wir werden sie heute einfach alle glücklich machen, sie wissen nur nicht, dass es nicht weitergehen wird."

Sie lächelte. „Dann haben wir einen Deal."

Sie streckte ihm ihre Hand zum Schütteln entgegen. Er ergriff sie, und ihre Hände verschränkten sich, als ob es so sein sollte. Ein elektrisches Gefühl schoss durch ihn hindurch, als hätte er gerade einen Elektrozaun berührt. Er senkte den Blick und wollte nicht, dass sie seine Reaktion bemerkte, denn sie war so heftig, dass man es seinem Gesicht ansehen können musste. Dann musste er zu ihr aufblicken, und in ihren Augen lag ein Schock, der ihm verriet, dass sie entweder das gleiche Gefühl gehabt hatte wie er, oder dass sie von der Berührung entsetzt war. Er ließ los, musste es tun, denn wenn er es nicht täte, würde er sie vielleicht in seine Arme ziehen und sie küssen und beten, in ihren Augen dasselbe erstaunliche Gefühl zu sehen, das auch jetzt noch durch ihn strömte.

Wohin gingen seine Gedanken?

Das war ein Ausritt und machte ihre Grams glücklich. Das andere Zeug, das gute Zeug, musste verschwinden.

Er drehte sich zum Pferd um, doch sie blieb einfach stehen. Er musste ihr einen Moment Zeit geben, und er musste sich auf das Pferd konzentrieren und seinen

Kopf – sein Herz – in den Griff bekommen. Er musste beten, dass er sich nicht umdrehte und sie in die Arme nahm.

Gib schon auf. Du wirst sie heute nicht in den Armen halten.

Oder jemals.

Du wirst sie nicht küssen.

Sie wollte es nicht und er auch nicht.

„Okay, ich habe sie vorbereitet, aber ich werde sie angebunden lassen." Er holte tief Luft, legte seine Hand auf die Stirn des Pferdes und ließ sie bis zu seiner Nase hinuntergleiten. „Wenn du hier rüberkommst, kannst du Goldie streicheln, während ich mein Pferd hole."

Während ich reingehe und mich beruhige, bleibst du hier draußen und beruhigst dich, falls du eine ähnliche Reaktion hast, die keiner von uns will.

Sie trat neben ihn, sah ihn nicht an, sondern legte ihre Hand neben seine, berührte sie aber nicht. Sie sah zu, wie er mit der Hand über die Stirn des Pferdes strich. Dann tat sie dasselbe, fuhr mit der Hand über die Blesse, die von Goldies Stirn bis zu ihrer Nase verlief – zitterte ihre Hand?

„Gut so. Ihr zwei bleibt hier und lernt euch kennen, und ich komme gleich wieder." Dann drehte er sich um und ging zum Stall.

Izzy verlor fast den Verstand, als sie tat, was er ihr sagte, das Pferd streichelte und versuchte, sich zu beruhigen.

Dieser Händedruck – oh Gott, sie wäre fast ohnmächtig geworden! In ihrem Kopf hatte sie sich so sehr gewünscht, dass er sie küsste.

Sie in seine Arme nahm, von ihren Füßen riss und sie küsste. Sie hatte noch nie einen Mann angesehen und das gedacht, bis Luc. Na ja, vielleicht als Teenager, aber nie so intensiv wie gerade. *Reiß dich zusammen, Cowgirl* – Cowgirl. Das war das Letzte, was sie war. Was dachte sie nur? Sie würde nicht lange genug hierbleiben, um auch nur daran zu denken, eins zu werden.

Zum Glück kam er mit großen Schritten aus der Scheune und führte dieses Pferd, dieses große, große Pferd. Es war genauso breitschultrig wie er – sie passten gut zusammen.

Was? Ja, sie hatte den Verstand verloren.

Das Pferd hatte einen bronzenen Farbton, wie eine Trophäe, und Luc würde eines Tages seine perfekte Frau finden – *nicht, dass ich mich um diese Position bemühen würde.*

Nein, sie machten nur einen Ausritt, um ihren Großmüttern einen tollen Tag zu bereiten – okay, sie waren im Himmel, wo jeder Tag ein toller Tag war. Aber sie wollte es nicht zurücknehmen oder umformulieren, dass sie einen tollen Tag haben würde.

Sie bekam einfach einen Moment Zeit, einen Nachmittag, um sich zu entspannen, und er auch. Das war alles, was ihr das bedeutete. Und vielleicht würde er reden ...

„Dein Pferd ist wunderschön. Kann man einen Hengst schön nennen?"

Er lächelte – *goodness gracious, great smile of fire!* Ja, Jerry Lee Lewis sang wieder in ihrem Kopf.

„Du kannst ihn nennen, wie du ihn nennen willst. Es ist dein Tag." Seine Augen tanzten und ihr Innerstes auch. „Ich bin mir nicht sicher, was einen Mann dazu macht …"

Du.

„Aber bei den Stuten kommt er ganz gut an."

Ihr Verstand spielte verrückt. „Ich verstehe, warum. Hast du ihn schon lange, oder hast du ihn erst zugeritten?"

„Racer habe ich schon lange. Er ist mit mir aus Idaho hierhergekommen. Er hat ein großartiges, entspanntes Temperament."

Du auch. Es war wahr. Der Mann hatte immer die Kontrolle, und sie musste von ihm lernen.

„Jetzt lass uns dich in den Sattel setzen. Vertraust du mir?"

„Ja." Ihre Antwort kam, ohne zu zögern, denn es stimmte. Sie vertraute diesem Mann, wie sie noch nie zuvor jemandem vertraut hatte. Der Gedanke traf sie tief. „Es lässt sich nicht leugnen, dass du weißt, was du tust, und ich vertraue dir, schließlich hast du mich schon vor einer Klapperschlange gerettet und mich nach dem Unfall aus meinem Autowrack gezogen."

Das Lächeln breitete sich wieder auf seinem

hübschen Gesicht aus und in ihrem Inneren wie schmelzende Butter – süße Butter – Honigbutter – *Schluss damit!*

„Dann lass uns das machen. Komm her."

„Okay, los geht's." Sie stellte sich neben ihn, spürte die Nähe und versuchte mit aller Kraft, sie zu ignorieren.

„Jetzt habe ich die Zügel in der Hand, du kannst sie beim nächsten Aufsatteln halten. Leg diese Hand auf das Sattelhorn, heb dann den Fuß und stell ihn in den Steigbügel. Diese Schuhe sind gut dafür. Jetzt stell dein Gewicht auf den Fuß im Steigbügel, während du dich mit dieser Hand am Sattelhorn festhältst. Dann schwingst du das andere Bein über das Pferd und setzt dich in den Sattel."

Seine Stimme war ruhig und beruhigend, liebenswert – sie ignorierte, wohin ihr Kopf ging, als sie genau das tat, was er ihr gesagt hatte. Sie steckte ihren Fuß mit den bequemen flachen Schuhen in den Steigbügel, stemmte sich hoch und ließ sich erstaunlicherweise so leicht in den Sattel sinken, als wäre sie dafür geboren.

„Das war bei Weitem nicht so schwer, wie ich gedacht hatte."

Er setzte dieses erstaunliche Grinsen auf, und seine Hand lag immer noch am Hals des Pferdes und hielt immer noch die Zügel. Obwohl sie im Sattel saß, hatte er immer noch die Kontrolle, und das wusste sie. Sie wollte nur nicht, dass er die Kontrolle über sie hatte. Aber wen interessierte das in diesem Moment?

„Nun, sie ist ausgebildet, nicht wegzulaufen oder so, aber sagen wir mal, wir reiten, und ich habe dir diese Zügel gegeben, und aus irgendeinem Grund erschrickt sie und rennt los. Diese Zügel und das Sattelhorn sind aus gutem Grund da. Du greifst also das Horn und ziehst mit der anderen Hand die Zügel fest zu dir heran und damit ihren Kopf zurück. Dadurch wird sie langsamer, und bis dahin werde ich an deiner Seite sein. Vertraust du mir?"

Vertraute sie ihm? „Ja, das tue ich."

Ja.

Die Worte hallten ihr durch den Kopf und klangen, als stünde sie am Altar und der Priester hätte gesagt: „Nimmst du diesen Mann als deinen …" *Whoa.*

Whoa, Izzy, immer langsam mit den jungen Pferden. Das wurde langsam verrückt. Und ihre Großmütter, sie konnte sie oben im Himmel johlen und lachen und sich amüsieren hören.

Du meine Güte! Was war mit ihr los? Wirklich, sie saß auf einem Pferd. Im Begriff, auf einem Pferd zu reiten, hatten ihre Großmütter eine himmlische Zeit, und als sie die Augen öffnete, blickte sie in die Augen eines Mannes, der das Herz jeder Frau zum Stillstand bringen konnte. Ja, sie würde einen schönen Tag haben.

Und nichts konnte sie davon abhalten, einen großartigen Tag zu verbringen. Das könnte möglicherweise der beste Tag ihres Lebens werden.

Ein seltsamer Gedanke, aber sie verstand ihn. Als er sich umdrehte und von ihr wegging, wusste sie, dass sie kein Problem damit haben würde, wenn sie später zurückkamen, weil sie weggehen würde.

Aber wie er schon gesagt hatte, heute war ihr Tag, und sie würde ihn nicht aufgeben.

KAPITEL ZWEIUNDZWANZIG

Sie hielt sich im Sattel und lächelte strahlend, als sie auf den Cowboy hinunterblickte, der neben ihrem Pferd stand. Ihr Herz raste nicht nur vor Aufregung darüber, dass dieser Cowboy eine großartige Idee hatte, sondern auch, weil sie Spaß hatte und noch nicht einmal den ersten Schritt mit dem Pferd gemacht hatte.

„Also, was jetzt?"

„Jetzt hältst du die Zügel fest, ich werde aufsteigen, und wir machen uns auf den Weg. Was denkst du?"

„Ich denke, das ist eine großartige Idee. Meine Großmütter wollten das, aber ich möchte auch unbedingt reiten, und es ist so ein schönes Pferd."

Er lächelte. „Viele Leute glauben nicht, dass sie überhaupt reiten wollen, steigen dann aber auf ein Pferd und werden süchtig. Ich bin schon von Kindesbeinen an geritten. Mein Vater hat Pferde mehr geliebt als Country-Musik und hat diese Liebe an mich weitergegeben. Ich habe an Rodeos teilgenommen, und er hat mich angefeuert. Aber dann fing ich an, mich für das Zureiten von Pferden zu interessieren, und ich habe einen Mann gesehen, der ein Pferd so zugeritten hat, wie ich es jetzt tue. Ich wollte dasselbe tun wie er und habe mehrere seiner Kurse besucht, in denen er Leuten beibrachte, wie man ein Pferd ohne grobe Behandlung beruhigt und zähmt, und alles passte. Dann, nachdem mein Vater gestorben war ..." Er zögerte. „Okay, lass uns das machen, pass einfach auf, was ich tue, und lass uns reiten. Das hier ist eine fantastische Ranch, und ich weiß, warum Pace dieses Land gekauft hat. Es gibt einen Bach, der sich über die Weiden schlängelt und dann in einen See mündet. Wir reiten dorthin und können da eine Pause machen. Der Bach und der See lassen mich denken, wie sehr Kinder es lieben würden ..." *Kinder*, warum fing er an, über Dinge zu reden, über die er nicht reden wollte?

Ja, wenn er eine Familie hätte, wäre das hier ein großartiger Ort, um Zeit mit der Familie zu verbringen. Aber er hatte keine Familie und würde auch keine haben. Was war es an der Nähe dieser Frau, das ihn dazu brachte, an Dinge zu denken, an die er nicht denken sollte oder wollte?

Er ritt los, blickte geradeaus und bemühte sich, seine Gedanken dorthin zu lenken, wo sie sein sollten. Er hatte ihr gesagt, dass sie Spaß haben würden. Nicht, dass sie schweigend reiten würden.

„Du hast recht, es ist wunderschön", sagte sie leise im Wind. Er sah sie an, und ihr Blick suchte seinen, als hätte sie gespürt, dass in seinem Kopf noch mehr vor sich ging. Sie wusste wahrscheinlich nicht, dass es etwas mit ihr und ihrer Wirkung auf ihn zu tun hatte, die noch keine andere Frau jemals auf ihn gehabt hatte.

„Ja. Deshalb reite ich hier mit jedem Pferd, das ich ausgebildet habe. Wie an dem Tag, als ich dich mit der Klapperschlange gesehen habe. Es ist eine wunderschöne Gegend mit den Butterblumen und Lupinen, die bald verschwunden sein werden. Bunt. Friedlich." Er brauchte oft Frieden. Vor allem jetzt.

„Du hast recht. Ich fühle mich, als würde ich in einem Gemälde reiten."

Sie sah aus wie ein Gemälde. „Wir werden über den Hügel und über die Weide reiten. Wir lasen es langsam angehen und dann erreichen wir den Kamm, und du wirst den See sehen. Geht es dir gut?"

„Ja, dieses Pferd ist so ruhig, dass ich keine Angst habe. Sie würde nie etwas tun, das mich gefährden könnte."

„Normalerweise, aber halt dich trotzdem fest und konzentrier' dich. Du weißt, unerwartete Dinge können passieren. Da ist die Geschichte von Samantha, dem Esel." Sie starrte ihn an. „Sie und Lilly haben in der Weihnachtsaufführung mitgespielt. Lilly war schwanger und ist auf Samanthas Rücken geritten. Sie war Mary, und Samantha war der Esel, auf dem sie in der Geschichte geritten ist. Lilly hat ein wunderschönes Lied gesungen, aber dann fing Samanthas Schwanz Feuer. Der Schwanz der ruhigen, niemals bösen

Samantha stand in Flammen! Der Esel hat ausgetreten und ist losgerannt, was sie unter normalen Umständen nie getan hätte. Gott sei Dank weiß Lilly, wie man reitet, und sie hat sich auf dem Esel gehalten und wurde von Cort gerettet. Molly Popp hat darüber geschrieben; das zeigt, dass man nie weiß, was passieren könnte – also bleib wachsam."

Izzy war froh, dass er schon darüber nachgedacht hatte, denn sie hatte es nicht getan und tat es jetzt zum ersten Mal. Da sie noch nie geritten war, befürchtete sie, dass sie bald Muskelkater bekommen würde. Und genau das passierte.

Aber der Ausritt hatte sich gelohnt. Der Hang war blau von Lupinen, gemischt mit vielen Butterblumen. Das Vieh war weiter unten in der Richtung, in die sie unterwegs waren. Es stand unter den Bäumen im Schatten und teilweise draußen in der Sonne. Die Kühe fraßen Gras, und einige Kälber spielten. Eine friedliche Szene …

Ihre Gedanken wanderten zu Luc. Wieder einmal hätte er ihr fast einen Einblick in seine Vergangenheit gewährt, doch als er es bemerkt hatte, hatte er das Thema gewechselt und angefangen, über den See zu reden. Sie wollte langsam wirklich wissen, was mit diesem Mann passiert war. Aber er schien heute glücklicher zu sein, und sie hatten beschlossen, dass heute ihr Tag war, und dann würden sie getrennte Wege gehen. Sie erlaubte sich nicht, an den Schmerz zu denken, der erwachte, als sie diese Worte dachte: *getrennte Wege*.

Sie hatte vor wegzugehen. Das war schon immer so gewesen. Warum fühlte sich ihr Bauch dann an, als wäre er durch ein Sieb gepresst worden?

Schließlich erreichten sie den Kamm des Hügels. Endlich konnte sie aufhören zu denken –und keuchte beim Anblick des Sees. Sie starrte hinunter und auf die über ihnen fliegenden Vögel und die Weiden und Bäume, die ihn umgaben. Und der wunderschöne blaue Himmel darüber. „Was für ein schöner Ort!"

„Ja, es ist schön hier."

Sie flüsterte: „Ich war mir nicht einmal bewusst, dass ich das laut gesagt habe. Das war mein Unterbewusstsein, dass das gesagt hat."

Luc lachte. „Es war die Wahrheit. Spricht es oft mit dir?"

Ja, und es sang auch für sie. Aber Gott sei Dank sprach sie das nicht laut aus.

Er lächelte sie von seinem Sattel aus an, die Handgelenke lässig über dem Sattelhorn gekreuzt, während er sie beobachtete. Er sah so gut aus, aber das war nicht das, was sie anzog. Es waren diese Augen, meergrüne Augen, die sie durchbohrten, während sie einander ansahen.

„Was?", fragte sie und wollte wissen, warum er sie so anstarrte. Sie musste wissen, warum sie so auf ihn reagierte.

„Ich weiß nicht, du bist die erste Frau, der ich diesen Ort gezeigt habe. Pace hat da unten einen Steg gebaut und Bänke darauf angeschraubt, damit er sich keine Sorgen machen muss, dass jemand ins Wasser fällt, der sich daraufsetzt. Es kann also nichts passieren, wenn wir uns da hinsetzen. Komm, lass uns den Hügel runterreiten und eine Weile sitzen und reden."

Es dauerte nicht lange, bis sie den Steg erreichten, und bevor sie überhaupt angehalten hatte, war er schon mit einer schnellen Bewegung abgestiegen.

Dann ging er zu ihr hinüber, streckte ihr seine Arme entgegen und ließ sie dann wieder sinken, als wäre ihm klar geworden, dass er ihr anbot, sie vom Pferd zu heben.

„Lass uns sehen, ob du absteigen kannst, wie ich es dir gerade gezeigt habe."

„Okay, los geht's", sagte sie, entschlossen, es richtig zu machen. Sie schwang ihr rechtes Bein über den Rücken des Pferdes und behielt den linken Fuß im Steigbügel, doch als sie sich dann auf den Boden herunterlassen wollte, rutschte ihr Fuß aus dem Steigbügel, und sie verlor das Gleichgewicht, doch zwei große, starke Hände legten sich um ihre Taille und ließen sie langsam herunter.

„Ich hab' dich. Jetzt hast du festen Boden unter den Füßen."

Sie war immer noch dem Pferd zugewandt, und Lucs Hände weiter beide Seiten ihrer Taille. Sie musste sich bei ihm bedanken, aber ... sie drehte sich um. Seine Hände lockerten sich, blieben aber auf ihren Hüften, als sie ihn ansah. Zwischen ihnen waren nur Zentimeter. Mit klopfendem Herzen begegnete sie seinem Blick. Seine erstaunlichen meergrünen Augen mit dem silbernen Funkeln, das das tiefe Grün umgab, waren aus dieser Nähe noch deutlicher zu erkennen. Fühlte er, was sie fühlte?

„Danke." Sie hob ihre Hand und legte sie auf seine Brust, oder besser gesagt auf sein Herz, als sie spürte, wie es gegen ihre Handfläche schlug.

Seine Augen funkelten plötzlich, als er atmete und fast flüsternd bemerkte: „Das ist dumm."

Mit pochendem Herzen trat sie näher an ihn heran, dann neigte er den Kopf und hielt inne, als sich ihre Blicke trafen, bevor sie einander küssten.

Es war, als hätten sie dasselbe Signal gesehen, dann schwankten ihre Knie, seine Hände hielten sie fester, als wollten sie sie stützen, und sein Kuss war alles, wovon sie jemals geträumt hatte ... ja, sie hatte von Küssen geträumt, und nichts war je an diese Realität herangekommen.

Alles in ihr war in Alarmbereitschaft, als ihre Knie noch schwächer wurden, seine Arme sie stützten und seine Lippen ihr sagten, dass er genau dasselbe fühlte wie sie.

Und nichts zählte in diesem Moment außer dem Kuss und der gegenseitigen Umarmung – nun, sie lag in seinen Armen und hielt sich fest, während seine starken Arme sie hielten und seine Lippen ihr alles gaben, wovon sie nie geträumt hatte.

KAPITEL DREIUNDZWANZIG

Die Frau in seinen Armen war alles, ihre weichen Lippen, ihr süßes Keuchen, ihr Herz, das gegen seines pochte, während sie in seinen Armen praktisch schlaff wurde. Das sagte ihm, dass sie die Blitze auch gespürt hatte. Blitze, die am dunklen Nachthimmel alles erhellten. Die eine Freude mit sich brachten, die er noch nie zuvor empfunden hatte.

Das war, wovor er mehr Angst hatte als alles andere, was das Leben ihm in den Weg werfen könnte. Ihm war ein schrecklicher Schlag versetzt worden, und jetzt war ein Kuss wie dieser, den die meisten wie ein Geschenk betrachtet hätten, eine Qual für ihn.

Ein überwältigendes Gefühl für jemanden in sich zu spüren, dem er niemals nachgeben konnte, war eine harte Realität. Er küsste sie aus Verzweiflung tiefer, weil er wusste, dass er das nie wieder spüren würde, sobald dieser Kuss endete. Sein Verstand und sein Herz rasten, als der Schmerz in seinem Inneren versuchte, die

Freude zu stehlen, die er empfand. Das unglaubliche Gefühl, das er nicht … falls er sie jemals verlieren sollte, die rasende Liebe in ihm, von der er wusste, dass er sie empfand, und befürchtete, er würde sie genauso schnell, hart und brutal fühlen.

Er könnte nie wieder mit dem Verlust leben, das wäre anders, noch schlimmer als der Verlust seiner Familie. Sein Kuss wurde tiefer, seine Umarmung inniger, und er hob sie hoch, während ihre Arme um seinen Hals glitten und sie ihre Fingerspitzen in das kurze Haar in seinem Nacken grub. Sie klammerte sich an ihn und er an sie, auch wenn sein Herz innerlich zerrissen war.

Er wusste, dass er nie wieder eine solche Liebe spüren würde. Er wusste auch, dass es, wenn er sein Herz öffnete und sie verlor, schlimmer als alles andere wäre. Noch schlimmer, als die drei Menschen, die er auf dieser Welt am meisten geliebt hatte, im selben Moment zu verlieren. Durch den Unfall, den nur er überlebt hatte.

Er hatte sie alle auf einmal verloren. Er spürte die Tränen in seinen Augen und musste sie loslassen. Er konnte nicht zulassen, dass er etwas Tieferes fühlte.

Reiß dich zusammen.

Reiß.

Dich.

Zusammen.

Jetzt.

Er hatte sie hierhergebracht, um ihr einen schönen

Tag zu schenken. Er konnte sie das nicht wissen lassen … er setzte sie langsam ab und beendete den Kuss, als ihre Füße wieder auf festem Boden standen. „Ich muss aufhören … wir müssen aufhören."

Ihre Hände waren aus seinen Haaren geglitten und dann an seiner Brust entlang zu ihrer Seite. Ihr Gesichtsausdruck war genauso geschockt, wie er sich fühlte. Er hielt sie an der Taille fest, nur, um sicherzugehen, dass sie sicher stand, und dann wich sie zurück.

„Ja, das wollte ich nicht."

„Ich auch nicht. Also …" Er holte tief Luft. „Lass uns zum Wasser gehen. Zu den Bänken auf dem Steg."

„Ja, lass uns das machen." Und sie drehte sich um und ging durch das niedrige Gras voraus. Sie ging zur zweiten Bank, als wollte sie so weit wie möglich von ihm weg. Er ließ sich auf der ersten Bank nieder und war sich nicht sicher, warum er diese Grenze überschritten und sie geküsst hatte. Der Rückweg würde unglaublich schwer werden.

Vor allem, weil sie jetzt nicht mehr auf ihn starrte, sondern auf das Wasser, und sie sprach nicht. „Das hatte ich nicht vor", wiederholte er.

Sie seufzte und fuhr sich mit der Hand durchs Haar. „Ich habe nichts dagegen unternommen, also habe ich genauso Schuld. Luc, ich will wissen, was mit dir passiert ist. Ich weiß, dass du nicht vorhast, eine Frau zu suchen, und ich habe nicht vor, mir hier in Mule Hollow einen Mann zu suchen. Aber ich glaube, ich habe dir dennoch Angst gemacht. Also, sag mir, Luc Asher, was ist mit dir passiert?"

Er starrte sie an. „Ich habe dir gesagt, du sollst mich nicht fragen." Sie zog herausfordernd eine Augenbraue hoch. „Also gut. Ich bin gefahren. Das Auto meines Vaters. Mein Vater und meine Mutter und meine Schwester waren dabei. Wir waren auf dem Weg in den Park, wo wir den Geburtstag meiner Mutter feiern wollten …" Seine Kehle schnürte sich zu. „Ich bin gefahren, weil Dad sich bei der Arbeit im Garten den Knöchel verdreht hatte. Wir waren fast auf dem Freeway, als ein betrunkener Fahrer mit seinem Auto in falsche Richtung auf den Freeway aufgefahren ist. Ich habe ihn erst gesehen, als der Umzugswagen vor mir ausgewichen ist und mir nur eine Sekunde und nicht genug Platz zum Reagieren gelassen hat, bevor der Betrunkene mit hoher Geschwindigkeit mit uns kollidiert ist."

Izzy schlug ihre Hand aufs Herz, als er fortfuhr. „Von einer Sekunde auf die andere hat sich alles verändert. Ich hatte nicht einmal Zeit, das Lenkrad in die eine oder andere Richtung zu reißen, bevor er uns getroffen hat. Bevor wir mit dem Betrunkenen zusammengestoßen sind, der erst dann gemerkt hat, dass er in die falsche Richtung gefahren ist, als es zu spät war." Seine Stimme zitterte.

„Das tut mir so leid! Ich weiß nicht, was ich sagen soll."

„Das ist genau der Grund, warum ich nicht darüber

rede."

Das Entsetzen in ihrem Gesicht hatte sanftem Mitgefühl Platz gemacht, das deutlich zu erkennen war. „Es war nicht deine Schuld, Luc. Du darfst dir keine Vorwürfe machen. Wie lange ist das her?"

„Zehn Jahre. Zehn wahnsinnig lange Jahre."

Zehn Jahre! „Es tut mir so leid." Was sollte sie sonst sagen?

Ihr Herz schmerzte für ihn, aber etwas in ihr drängte sie, mehr zu sagen. „Und seitdem lebst du dein Leben voller Angst." *Was?* Das hatte sie nicht sagen wollen.

Er stand auf und ging mit großen Schritten zum Rand des Stegs, stemmte die Hände in die Hüften und starrte mit steifen Schultern auf das Wasser, den Rücken zu ihr. „Ich schätze, man könnte es so sagen", antwortete er schließlich und drehte sich zu ihr um. „Ich nenne es Kontrolle."

Als sie zu ihm aufblickte, wollte sie sich plötzlich auf ihn stürzen, ihn umarmen – *ihm in den Bauch schlagen.* Ihre Gedanken über ihn waren schrecklich verwirrt. Sie musste sich wieder in den Griff bekommen und stand auf. „Dieser Ort mag schön sein, aber ich muss nach Hause."

Sie ging los – es war entweder das, oder sie würde etwas anderes, noch Verrückteres tun, als den Mann zu küssen.

Er sagte nichts, sondern folgte ihr einfach. Bei den Pferden, die ruhig beisammenstanden und grasten, nahm sie die Zügel in die Hand, betete, dass sie ohne Zwischenfälle auf das Pferd kommen würde, und ritt dann, ohne zu warten, den Weg zurück, den sie gekommen waren.

Was für ein Tag das gewesen war. Wie eine wilde, außer Kontrolle geratene Achterbahnfahrt, von der sie nicht sicher war, wie sie darauf reagieren sollte. Sie wusste nur mit Sicherheit, dass es an der Zeit war, Abstand zwischen ihnen zu schaffen. Als sie den Stall erreichten, war er sofort vom Pferd gesprungen, und Gott sei Dank auch sie.

„Danke für den Ausritt. Ich fahre jetzt nach Hause." Und das tat sie. Nicht friedlich. Und diesmal sangen ihre Großmütter nicht in ihrem Kopf. Die beiden waren irgendwie verstummt.

KAPITEL VIERUNDZWANZIG

Die Party war schon in vollem Gange, als Izzy sich überredete hinzugehen und Norma Sues Garten betrat. Sie wäre fast nicht gekommen, weil sie wusste, dass Luc hier sein würde. Und wenn er ihretwegen nicht hätte kommen wollen, wäre er trotzdem gekommen, weil es hier nicht um sie ging. Es war eine Zusammenkunft des ganzen Ortes.

„Hey, schön dich wiederzusehen, Izzy!"

Sie lächelte die kleine Pollyanna an, als sie auf sie zukam. „Hey, schön dich hier zu sehen!"

„Ich muss dir sagen, dass ich meine Frisur liebe. Die Haare sind nur ein bisschen kürzer, aber die Fülle des Schnitts macht Spaß. Meinem Sohn gefällt es auch. Er wird wahrscheinlich bald für einen Haarschnitt zu dir kommen. Er hat auch Locken, und wenn du ihn triffst, wirst du dich an ihn erinnern. Sechzehn ist ein abenteuerliches Alter, und er versucht, ihm gerecht zu werden. Meinem Mann gefällt die Frisur übrigens auch.“

„Das freut mich.“

„Also, bist du hier, um zu tanzen? Wenn ja, wen hast du im Auge?“

„Nein, ich bin nicht zum Tanzen hier und habe niemanden im Auge.“

„Die meisten Frauen haben niemanden im Auge, wenn sie gerade in der Stadt angekommen sind. Ich auch nicht. Ich war nicht wieder auf der Suche nach Liebe. Ich hatte schon einen wunderbaren Mann gehabt und ihn verloren. Ich hatte nicht vorgehabt, einen Mann von ganzem Herzen zu lieben und ihn dann zu verlieren. Trauer ist schwer. Aber Gott hat in meinem Leben auf wunderbare Weise gewirkt. Und im Leben meines Sohnes und meines Mannes.“

„Ich weiß, dass er im Leben eines jeden wirkt, aber deine Worte scheinen tief begründet zu sein.“

„Ja, ich habe meinen ersten Ehemann Marc verloren, und er war wunderbar. Wir hatten schon beschlossen, in eine Kleinstadt zu ziehen, also habe ich es getan. Ich hatte nicht vor, jemals wieder zu heiraten, weil ich nicht geglaubt habe, jemals wieder so glücklich sein zu können …“ Ihre Stimme zitterte.

„Es tut mir leid, ich wollte dich nicht traurig machen.“ Sie war wieder verheiratet und wurde immer noch emotional, wenn sie an ihre erste Ehe zurückdachte. Wie konnte das sein? Sie schien so glücklich zu sein.

Pollyanna lächelte. „Oh nein, Marc ist schon

mehrere Jahre tot, und ich dachte, ich könnte nie wieder so glücklich sein. Ich bin hierhergezogen, um meinen Sohn großzuziehen, und mein Nachname war McDonald, also kam mir ‚Old McDonald' in den Sinn." Sie lächelte und Izzy lächelte auch, während das Lied in ihrem Kopf spielte. „Ich habe eine Menge Verantwortung übernommen, nur, um mich zu beschäftigen. Ich musste mein Leben leben, nach vorn blicken. Das Gleiche galt für Nate nebenan auf seiner Ranch. Er hatte ein wunderbares Leben mit seiner geliebten ersten Frau gehabt und wusste, dass niemand sie ersetzen könnte. Und er hatte recht, wir hatten beide recht. Wir haben gelernt, dass sich unser Herz öffnen kann, und wenn man den Richtigen trifft, den Gott einem gesandt hat, ist das Herz größer, als man es sich jemals vorstellen kann."

Izzy stand dort am Rande der Menge lieber Menschen, die sie noch nicht einmal begrüßt hatte, auf der Party, zu der sie nicht hatte kommen wollen, und führte ein Gespräch, das unendlich aufschlussreich war ... Wie wäre es, solche Gefühle zu haben oder so geliebt zu werden? Oh, sie wollte eine solche Liebe nicht haben und sie wieder verlieren. Aber diese Liebe zweimal zu finden, war ein Segen. Gott hatte einen Weg geebnet und ihn Pollyanna gezeigt. Es war wie ein Lied in ihrem Herzen, und Pollyannas Name passte gut in ein Lied, und ihre Großmütter würden wahrscheinlich wieder anfangen zu singen. Und sie wünschte, sie würden es tun, sie vermisste ihre Stimmen in der Stille.

„Danke, dass du mir das erzählt hast, Pollyanna, ich habe noch nie jemanden so geliebt." *Wirklich*. „Aber eines Tages hoffe ich, die Liebe so kennenzulernen, wie du sie beschrieben hast."

Pollyanna legte eine Hand auf ihren Unterarm und drückte sie sanft. „Das wirst du. Und ich muss dir sagen, dass sie dich vielleicht überraschen wird. Sie könnte sich an dich anschleichen, so wie es bei mir beim zweiten Mal der Fall war. Sie kann dich erschrecken, dich am Kragen packen und dich denken lassen, dass du das Falsche tust, die falsche Wahl triffst oder dass es nicht der Traum ist, den du hattest. Weißt du, es gibt einige Menschen, denen schon Dinge passiert sind, bevor sie sich verlieben. Und das lässt sie denken, dass sie sich nicht verlieben wollen."

Ihre Worte trafen Izzy ins Gesicht, ins Herz. *Luc*. Sie wusste, dass es ihm so ging. „Ich freue mich so, dass du das Glück hattest, die Liebe zweimal zu finden. Jetzt muss ich mich unter die Leute mischen, bevor die Clique Jagd auf mich macht. Sie haben mich praktisch gezwungen, zu kommen, egal was passiert."

Pollyanna lächelte. „Hast du Angst, dass sie dich verkuppeln wollen?"

„Ja, ich bin nicht mit der Absicht nach Mule Hollow gekommen, mich verkuppeln zu lassen, und das wissen sie."

„Das bedeutet nichts", sang Pollyanna. „Glaub mir, hier laufen viele Beweise herum, dass das egal ist. Viele dieser Paare waren einfach füreinander bestimmt, sie mussten nicht wirklich verkuppelt werden. Die Damen haben nur ein paar Umstände optimiert."

Izzy war erstaunt – diese Frau hatte etwas Besonderes an sich. „Ich wette, die Leute kommen gern immer wieder in deine Pension."

„Das tun sie. Es ist immer viel los. Aber ich glaube nicht, dass es an mir liegt. Sie kommen einfach in diese wunderbare Stadt, um an den Tänzen oder den Rodeos teilzunehmen, die wir hier veranstalten. Aber", kicherte sie, „ich habe auch einen Nymphensittich, der gern plappert, und ein paar störrische Ziegen, mit denen meine Gäste spielen, und ein paar runzlige Welpen, die überall herumspringen, bevor sie von Gästen adoptiert werden, die nur zu diesem Zweck bei uns übernachten kommen. Du musst unbedingt bald mal zum Kaffeetrinken und Spielen vorbeikommen."

„Das werde ich. Wie kann ich da Nein sagen?"

Und dann umarmten sie sich, und beide gingen, um sich unter die Leute zu mischen. Aber Pollyannas Worte gingen Izzy nicht aus dem Kopf. Und Luc war im Zentrum dieser Gedanken.

Luc stand am Rande. Er hatte sich den ganzen Abend hin und her bewegt und gehofft, dass niemand ihn bemerkte. Er behielt Izzy im Auge und hielt sich von ihr fern.

„Du scheinst heute nie stillzustehen", bemerkte Chance Turner.

Der Pastor hatte ihn beobachtet. „Ich kenne viele Leute hier, mit denen ich reden muss und du sicher auch." Hörte sich das so an, als wollte er den Pastor dazu bewegen, weiterzugehen?

Chance grinste. „Das tue ich, aber ich weiß es nicht, ich habe irgendwie das Gefühl, dass ich mit dir reden sollte. Du singst im Kirchenchor und kommst zu fast allen Events, und mir ist aufgefallen, dass du nicht so mitmachst wie die meisten Leute. Und in letzter Zeit ist mir aufgefallen, dass du noch verschlossener bist. Also, ist irgendwas?"

Er war sprachlos und überlegte, was er sagen sollte. „Nein." Er hatte gerade den Pastor angelogen.

Chance lächelte erneut. „Okay, wenn du das sagst. Aber weißt du, ich bin der Pastor, oder einfach nur jemand, der in derselben Stadt wie du lebt. Der Rodeo-Typ, der jetzt Vater von vier Kindern ist. Du kannst mich nennen, wie du willst, aber weil ich der Pastor bin, wird es niemand sonst erfahren, wenn du über irgendetwas reden musst. Ich wollte dir das nur sagen. Aus irgendeinem Grund hat Gott dich vom Tag deiner Ankunft in der Stadt an in meine Gedanken und mein Herz gelegt. Aber ich habe beobachtet und gewartet und gedacht, du würdest zu mir kommen. Aber das bist du nicht, und aus irgendeinem Grund konnte ich in letzter Zeit nicht aufhören, an dich zu denken. Am Sonntag, als du praktisch durch die Seitentür aus der Kirche gestürmt bist, hat mich das irgendwie beunruhigt. Und heute hat es für mich ausgesehen, als würdest du dich von einer dunklen Ecke in die andere verkriechen. Das hat mir gesagt, dass es für mich an der Zeit ist, dich anzusprechen."

Er wollte sich umdrehen und gehen, doch es gelang ihm nicht. Und er musste mit jemandem reden. Und wie Chance gerade betont hatte, war er der Pastor und was Luc sagen würde, würde zwischen ihnen bleiben. Und er glaubte ihm. Er hatte das Gefühl, er hatte in dem Pastor jemanden gefunden, dem er sich anvertrauen konnte.

Luc nickte. „Ja, ich habe einige Probleme. Weißt du, Pace … er wusste, dass ich Hilfe gebraucht habe, also hat er mich hierhergeholt. Er wusste, dass ich nicht auf der Suche nach einer Beziehung bin, und plötzlich wurde mir klar, dass er mich hierhergeholt hat, weil er gespürt hat, dass ich vielleicht mit dir reden würde."

„Ich bin froh, dass er so denkt. Und ich möchte nochmal betonen, dass alles, was du mir anvertraust, unter uns bleibt. Es ist nicht einmal etwas, das ich mit meiner Frau besprechen würde, und sie versteht das. Wenn mir jemand die Erlaubnis gibt, mit ihr zu reden, weil er glaubt, sie könne helfen, dann ziehe ich sie gern hinzu, wenn nicht, bleibt es unter uns. Also wo möchtest du reden? Und ist dir jetzt oder später lieber?"

„Jetzt. Weil ich nicht will – nun ja, ich will nicht sagen, dass ich den Schwanz einziehen könnte, aber so fühle ich mich."

„Dann komm, lass uns rüber auf die andere Seite gehen, da ist ein leerer Tisch mit zwei Stühlen.

Normalerweise stören mich die Leute nicht, wenn sie sehen, dass ich mich unter vier Augen mit jemandem unterhalte."

Das würde hart werden. Jeder würde wissen, dass er mit dem Pastor sprach. Aber sei's drum. Sein Blick wanderte zu Izzy, die ihm den Rücken zugekehrt hatte, während sie mit einer Gruppe Frauen sprach. Wenn er reden wollte, war die Zeit gekommen. Vielleicht würde sie ihn von da drüben nicht mit dem Pastor reden sehen.

Sie gingen über die Wiese zum hinteren Teil des Gartens zu dem Tisch mit den zwei Stühlen. Er fragte sich, ob Norma Sue sich auf Gespräche wie dieses vorbereitet hatte.

Beide setzten sich. Er nahm den Platz, wo man ihn weniger sehen würde – er war ein riesiger Feigling. „Die Sache ist also die." Dann begann er, seine Geschichte zu erzählen. Über seine Familie und wie er sie verloren hatte. Er war der Fahrer gewesen, und dennoch war er nicht in der Lage gewesen, sie zu beschützen, und er war der Einzige gewesen, der überlebt hatte, nachdem der Pickup mit ihrem Auto kollidiert war. Es war einfach falsch.

Er hatte es nicht ändern oder überwinden können. Und er erzählte dem Pastor alles. Dann sagte er nichts mehr.

„Das war hart. Ich verstehe. Ich habe selbst einiges durchgemacht und mit vielen Leuten gesprochen, die Probleme hatten. Sich verantwortlich zu fühlen ist schrecklich. Und ich sage das, weil ich in deiner

Situation war. Ich habe einen Bullenreiter nicht aufgehalten, der nicht auf dem Rücken eines Bullen hätte sitzen sollen, und ich habe es gespürt, als er in die Arena gegangen ist. Er hat den Ritt nicht überlebt, und jetzt lebe ich jeden Tag damit. Ich musste es in die Hände des Herrn legen, und Er hat mir den Weg gewiesen. Aber wie du sehen kannst, wenn Gott mir jemanden in meine Gedanken schickt, handle ich. Nicht überstürzt, aber irgendwann kommt der richtige Zeitpunkt. Wie heute Abend. Also, rede mit mir, Luc. Es gibt Zeiten, in denen man gewisse Dinge nicht überwinden oder vergessen kann, ob es nun die eigene Schuld war oder nicht. Es ist nicht leicht, sich verantwortlich zu fühlen. Manchmal bittet man Gott sogar um Vergebung, und Er hat sie gewährt, doch der Schmerz, den du empfindest, und der dich daran hindert, dein Leben zu leben, ist immer noch da. Manchmal schickt Gott dir Ereignisse oder Menschen ins Leben, um dir zu helfen. Um deine Augen zu öffnen. Um dir den Weg zu zeigen."

Izzy.

Ihr Name hallte in diesem Moment durch ihn. War sie diejenige, die ihm geschickt worden war, um voranzukommen?

„Ich weiß, dass es nicht meine Schuld war, aber ich kann es trotzdem nicht vergessen. Ich konnte es nicht verhindern."

„Nein, das konntest du nicht. Manchmal verstehen wir nicht, warum jemand stirbt. Wir wissen nicht, warum Gott es zulässt oder was Gott in manchen Fällen damit bezweckt. Ich sage dir nur, dass wir nicht immer wissen, was Gott mit uns vorhat oder warum oder welchen Segen er uns oder der Person gibt, die gestorben ist. Aber was ist es, wovon Er dich abhält?"

„Ich kann den Gedanken nicht ertragen, jemals wieder jemanden zu verlieren, den ich liebe. Aus eigener Schuld oder durch die Hand eines anderen, oder einfach nur, weil Gott mir diesen Menschen nimmt, wenn seine Zeit gekommen ist. Ich kann das nicht, also habe ich mich dafür entschieden, allein zu bleiben. Als ich Pace getroffen habe, wusste er, dass ich früher kein Einzelgänger war, aber ich hatte mich da draußen in der Weite dieser riesigen Ranch versteckt. Das war meine Entscheidung, aber ich bin mir ziemlich sicher, dass Gott mich dorthin gebracht hat, nachdem Pace, der Einzelgänger, ihn angenommen hatte und wusste, dass er nicht dazu bestimmt war, sich in der Einsamkeit des weiten Landes zu verstecken. Ich bin eine Weile, bevor er gegangen ist, dorthin gekommen, und wir haben uns angefreundet. Ich habe gesehen, wie ein Einzelgänger dem Herrn begegnet ist und sein Leben verändert hat, indem er nach Mule Hollow gegangen ist. Dort hat er Sheri getroffen, und jetzt trainiert er Pferde auf der ganzen Welt und bringt anderen bei, das Gleiche zu tun. Und Sheri macht mit. Und während er das tut, kann er den Menschen seine Botschaft und sein Zeugnis überbringen ... mich eingeschlossen. Er hat mich hierhergebracht, um mit diesen Leuten zusammen zu sein und – da bin ich mir jetzt sicher – um mit dir zu reden. Er wusste, dass ich nicht für den Rest meines Lebens so einsam sein sollte …" Er erwähnte Izzy nicht.

Izzy wollte nicht hierbleiben. Izzy wollte ein anderes Leben. Izzy war nur wegen ihrer Großmütter hier. Wenn etwas zwischen ihm und Izzy möglich wäre, selbst wenn er sein Herz öffnete … hieß das nicht, dass sie dazu bereit war.

„Und was ist dann passiert? Wie gesagt, ich habe dich beobachtet, und an dem ersten Sonntag, als Izzy hier war, habe ich etwas gesehen. Ich sitze ja nicht weit weg, wenn ihr singt, und habe dein Gesicht gesehen, als du „When We All Get To Heaven" gesungen hast. Wenn wir alle im Himmel ankommen, wird es ein herrlicher Tag sein. Ein glücklicher Tag und ein fantastischer Tag. Und Izzy weiß das. Auf sie warten ihre Großmütter und noch viele andere. Aber sie ist nur hierhergekommen, um sie mitzubringen. Damit sie von oben zusehen können, wie viel Spaß es ihr macht, nur für sie das Leben in Mule Hollow zu führen. Aber sie wird weiterziehen, nicht wahr?"

„Ja, das wird sie."

„Und sie ist deine Nachbarin."

„Ja, ist sie." Konnte dieser Mann seine Gedanken lesen?

„Du weißt, dass Sheri in diesem Haus gelebt hat. Die eigensinnige Sheri, die nicht auf der Suche nach Liebe war, als sie mit Lacy Brown in die Stadt gekommen ist. Sie hatte unsere kuppelnden Damen bereits davor gewarnt, es nicht zu versuchen. Dann ist dein Freund Pace da unten am Ende der Straße eingezogen. Ich möchte dir nur sagen, dass Gott manchmal einen Plan hat, der vielleicht nicht dein Plan ist, aber er weiß, was funktioniert. Was für dich am besten ist. Er weiß, wie bestimmte Menschen dazu bestimmt sind, sich gegenseitig zu segnen. Zusammen zu arbeiten. Damit gewisse Dinge passieren. Zu Seinem Wohl. Zu deinem Wohl. Zum Wohle aller. Wenn es Gottes Plan ist, funktioniert es. Also werde ich dich jetzt in Ruhe lassen und dich den Abend genießen lassen. Und ich hoffe, ich habe etwas gesagt, das dich nicht nur schmerzt oder dich aufwühlt. Aber manchmal muss man loslassen, rausgehen und das Risiko eingehen, um zu sehen, was Gott für einen geplant hat. Vielleicht ist es nicht das, was du für das Richtige für dich hältst. Das musste ich auch tun. Viele Leute mussten es tun. Aber ich sage es dir nur, wenn du in Sam's Diner gehst und die Jukebox bei „Pink Cadillac" und einigen anderen Songs hängen bleibt, mag das seltsam sein, aber manchmal berühren sie dein Herz, wenn du es brauchst."

„Ja, ich verstehe. Ich höre die ganze Zeit Lieder in meinem Kopf und weiß nicht, warum. So seltsam es auch klingen mag, ich habe die Titelmelodie von „Green Acres" in meinem Kopf gehört. Von all den Liedern bin ich aufgewacht, und dieses Lied spukt in meinem Kopf herum, und ich weiß nicht, warum."

Doch, das tust du. Izzys Großmütter haben es ihr

mit einem Text über Mule Hollow vorgesungen.

Chance lächelte. „Nun, als Kind habe ich diese Show geliebt. Er wollte auf dem Land leben, und sie war ein Stadtmädchen. Dann haben sie ein gemeinsames Leben auf Green Acres gefunden. Man kann nie wissen, vielleicht ist Mule Hollow auch so. Vielleicht gibt es einen Plan. Und Gott hat dir einen Anstoß gegeben."

Was?

Luc starrte Chance an. Er begann, an all die grünen Wiesen zu denken, die ihn umgaben, seit er nach Mule Hollow gekommen war. Und die Frau, die mit ihm auf einem Pferd über diese grünen Wiesen geritten war. Die Frau, die auf der anderen Seite dieser grünen Wiesen in ihrem kleinen Haus lebte.

Sein Blick wanderte umher und suchte die Gegend ab, aber er konnte Izzy nicht finden.

Sein Blick kehrte zum Pastor zurück. „So habe ich nie darüber gedacht. Aber ich mag die grünen Wiesen, die es hier gibt. Ich mag sie sehr."

Und vielleicht hatte Chance recht, vielleicht sagte Gott ihm, er solle seine Komfortzone verlassen und etwas riskieren ... aber konnte er das?

KAPITEL FÜNFUNDZWANZIG

Izzy hatte sich gerade noch rechtzeitig umgedreht, um zu sehen, wie Luc mit Pastor Chance ans Ende des Gartens gegangen war, wo sie ein ernstes Gespräch führten.

Ihr Herz zitterte, und sie betete schnell und leise, dass der Pastor ihm helfen könne. Sie konnte nichts dagegen tun, aber sie wollte gehen und war aufgewühlt und verwirrt. Sie sah sich um und betrachtete all die netten Leute, die sie kennengelernt hatte und die sie immer lieben würde, denn sie würde gehen, wenn sie bei ihren Plänen bliebe.

Es sind deine Pläne.

Es wurde ihr in diesem Moment klar, als ihr Blick zurück zu Luc schoss. Er drehte den Kopf, während er zuhörte, was der Pastor sagte. Er gab sich die Schuld für etwas, das nicht seine Schuld gewesen war. Er wollte sein Leben einfach halten und sich nie verlieben, weil er nie wieder so verletzt werden wollte. Er wollte niemanden lieben, den er verlieren könnte, wenn etwas passierte. Es rührte sie zutiefst.

Und dann traf es sie wie eine Faust in die Magengrube. Sie hatte vor zu gehen, egal was passierte. Sie war nur nach Mule Hollow gekommen, um die Träume ihrer Großmütter zu leben, doch sie hatte ihre eigenen Pläne. Sie hatte vor, in eine Stadt zu ziehen, sie wusste nicht einmal in welche, um dort einen Salon zu eröffnen und für Gott Zeugnis abzulegen. Und doch war sie hier in diesem winzigen Ort, liebte ihn, lebte den Traum ihrer Großmütter, und jetzt wusste sie, dass sie möglicherweise versuchte, ihrer Zukunft – ihrem Schicksal – zu entgehen?

Ihr Herz raste plötzlich. Sie konnte es nicht. Ganz sicher wich sie Gottes Plan für ihr Leben nicht aus. Könnte sie diejenige sein, die Gott benutzt hatte, um Luc zu helfen?

Ihr Herz raste bei dem Gedanken. Plötzlich ergab alles einen Sinn, und sie war überwältigend dankbar, dass sie es war. Dann standen Norma Sue, Esther Mae und Adela wie als Antwort um sie herum. Und aus der Ferne warf Lacy ihr ein Grinsen zu. Sie spielte mit ihren Kindern am Boden und ließ die cleveren Kupplerinnen von Mule Hollow die Führung übernehmen. Sie hatten diesen *Ausdruck* in ihren Augen – was bedeutete, dass niemand wissen konnte, was sie im Schilde führten.

Doch plötzlich war es egal. Die Frage war: Was wollte sie?

Izzy, du weißt, was du willst. Träume ändern sich, und Gott und deine süßen Großmütter haben dich hierhergebracht und wofür?

Und dann begannen Gram und Grammy wieder im Himmel und in ihrem Kopf zu singen ... und sie lächelte, als sie den Worten lauschte ...

Mule Hollow ist der richtige Ort...

Deinen Partner zu treffen ist ein lustiges Geschick ...

Du wirst da sein und er auch ...

Lass ihn dir nicht entgehen ...

Hilf ihm, wieder zu lächeln ...

Ihr Lächeln wurde breiter, als ihr Tränen in die Augen stiegen, und sie wusste ...

Vielleicht war sie wegen ihres Schicksals hier, sie war hier, um Luc zu helfen. Gott wirkte manchmal auf geheimnisvolle Weise, und diesmal würde sie ihn einfach wirken lassen.

„Was ist los, Ladys?", fragte sie, und ihr Lächeln verwandelte sich in ein Grinsen, als ihre Augen im Licht funkelten.

„Wirst du deinen Cowboy nicht zum Tanzen auffordern?", fragte Esther Mae.

„Nein, er ist nicht *mein* Cowboy." Sie wollte, dass er jetzt mehr als das war.

Norma Sue zog die Brauen hoch und senkte das Kinn. „Du weißt, dass du ihn magst, und mehr als das. Du willst es einfach nicht zugeben."

Doch das hatte sie, aber sie wollte sie necken. „Norma Sue, Esther Mae und Adela." Sie sah jede einzelne von ihnen an. „Was treibt ihr alle?"

Adela sah sie mit ihren durchdringenden blauen

Augen an und lächelte sanft. „Darlin', wir versuchen, dir zu helfen, dich zu öffnen und zu erkennen, was gut für dich ist. Wir können dir deine Entscheidung nicht abnehmen. Aber wir können dich ermutigen, und wir wissen, dass wir nicht deine lieben Großmütter sind, aber wir wissen auch, dass sie wirklich das Richtige für dich gewollt haben. Also springen wir für sie ein. Wir denken, dass es das ist, was der Herr von uns will."

„Meine Lieben, die Kupplerinnenclique von Mule Hollow ist wunderbar. Ich habe meine Großmütter sehr geliebt und danke euch allen, dass ihr versucht habt, für mich da zu sein, wo sie es nicht mehr können …" Sie schniefte, als Tränen in ihre Augen stiegen. „Es ist mir unangenehm, darüber zu reden, aber Luc hat tiefe emotionale Probleme, und ich kann einfach nicht …"

Was machst du?

Ihr Herz drehte sich wie ein Tornado, und sie gab auf. „Okay, Ladys, ich will nicht darüber reden, weil es nicht an mir ist, das zu tun. Aber ich glaube, ich bin wegen Luc hier. Er ist alles, woran ich denken kann. Und ich glaube, er braucht mich."

Alle drei Frauen lächelten breit und wissend.

„Es ist wunderbar, dass du das jetzt siehst", sagte Adela sanft. „Was willst du jetzt deswegen unternehmen?"

Norma Sue zog die Augenbrauen hoch.

Und Esther Mae zitterte fast vor Aufregung, als sie herausplatzte „Fang mit einem Tanz an."

Izzy holte tief Luft und wusste es, oh, wie sehr sie

es wusste, ja, sie wollte mit Luc tanzen.

Für den Rest ihres Lebens, wenn er mit ihr tanzen wollte. Mit donnerndem Herzen trat sie hinaus, entschlossen es zu tun, und während die Frauen sie beobachteten, ging sie direkt auf den zu, der ihr Herz in seinen Händen hielt.

Luc sah sich um, als ob er nach jemandem suchte, und dann fiel sein Blick auf sie, und er machte sofort große Schritte auf sie zu. Sie trafen sich am Rand der Tanzfläche. Die Musik lief, und sie fing fast an zu weinen, so tief waren die Gefühle in ihr.

„Ich habe versucht, dir aus dem Weg zu gehen", sagte sie mit zittriger Stimme.

Er hob die Hand und legte sie an ihre Wange, warm und sanft. „Ich habe versucht, mich von dir fernzuhalten, und habe dich dabei im Auge behalten. Aber Izzy, ich habe mit Chance gesprochen, und er hat mir geholfen zu erkennen, dass ich mein Leben leben muss. Und das kann ich mir nur mit dir vorstellen."

Freude durchströmte sie. „Dann sind wir uns einig, denn alles, was ich will, bist du." Sie schmiegte ihre Wange in die Berührung seiner Handfläche, ihr Blick fiel auf seine Lippen und wollte sie auf ihren spüren. „Deswegen bin ich aber nicht hierhergekommen", flüsterte sie.

„Ich auch nicht. Aber ich höre dieses Lied ständig in meinem Kopf, und ich habe dem Pastor gerade erzählt, dass Green Acres mit neuem Text und einem anderen Namen, Mule Hollow, in meinem Kopf gespielt hat, seit du in mein Leben getreten bist."

Sie lachte, und Tränen begannen zu fließen. „Ich auch. Meine Großmütter wissen, wie man etwas verkauft."

Dann zog er sie in seine Arme, seine Augen glänzten. „Ja, das tun sie, Darlin'. Ich weiß nicht, wo auf der Welt sie diese Gabe herhaben. Das Lied ist gut, aber diese Stadt ist wichtiger als Green Acres, denn, Darlin', Mule Hollow ist der Ort, an dem ich dich gefunden habe. Mule Hollow ist der Ort, an dem ich mit dir ein neues Leben anfangen möchte. Und ich kann vom Himmel hören, wie nicht nur deine Großmütter uns anfeuern, sondern auch meine Familie. Mein Dad, meine Mom und meine Schwester singen auch. Wir brauchten die Kupplerinnen nicht. Wir hatten unsere eigenen im Himmel, und sie sind in unsere Herzen und Köpfe eingedrungen."

„Oh ja, das sind sie", stimmte sie zu.

„Ich wache morgens mit dem Lied auf, das du gesungen hast, das deine Großmutter in meinem Kopf gesungen hat. Pastor Chance sagte: ‚Gott wirkt auf geheimnisvolle Weise', und das stimmt. Izzy, wenn du einverstanden bist, werden wir hier in dieser Gemeinde unser eigenes Green Acres bauen. Wir können es langsam angehen, ich weiß, dass das, was wir zwischen uns gefunden haben, überhaupt nicht langsam passiert ist. Es hat uns erwischt wie ein hoffnungsvoller Sonnenaufgang, und ich bin begeistert davon."

„Ich auch. Erschrocken, überrascht und erstaunt."

Er grinste. „Es ist, als ob alles in Bewegung geraten ist, als deine Großmutter und meine Familie zusammengekommen sind, und ich beschwere mich nicht." Er drückte sie an sich und sah ihr in die Augen.

Oh, wie sie diesen Mann liebte!

„Izzy Cranberry, ich, Luc Asher, liebe dich von ganzem Herzen. Du bist alles, wovon ich jemals geträumt habe und noch mehr – alles, was ich ausgeschlossen habe. Bei dir kann ich es nicht leugnen. Also, ich frage dich jetzt: Willst du mich heiraten?"

Als stünden sie mit Mikrofonen auf der Bühne, brach um sie herum Jubel aus. Beide wandten den Blick voneinander ab und sahen sich um. Und tatsächlich: Alle waren stehengeblieben. Die Musik hatte aufgehört zu spielen, niemand tanzte mehr. Niemand lief herum, niemand unterhielt sich, und alle, einschließlich der Rädelsführerinnen – der Kupplerinnen von Mule Hollow – standen strahlend und klatschend da.

Und Izzy strahlte über das ganze Gesicht, als sie zu dem Mann zurückblickte, der sie hielt. „Luc Asher, du machst meine Träume wahr, also lautet die Antwort Ja. Ich kann es kaum erwarten, dich zu heiraten. Ich liebe dich von ganzem Herzen!"

„Und ich liebe dich auch von ganzem Herzen. Mehr, als ich jemals für möglich gehalten hätte."

Und dann küsste er sie. Senkte diese erstaunlichen

Lippen, die Träume in ihrem Herzen weckten, auf ihre und küsste sie.

Küsste sie dort an dem Ort, von dem sie nicht gewusst hatte, dass ihre Träume zu Hause waren, aber ihre Großmütter schon. Und sie wusste, solange sie und Luc zusammen waren, würden ihre Herzen überall verbunden sein.

Nicht nur in Mule Hollow, sondern wo auch immer sie waren, für immer ...

EPILOG

Izzy Cranberry war jetzt Mrs. Luc Asher – sie hatte ihn gefragt, ob er Mr. Cranberry werden wollte, und er hatte geantwortet, wenn das nötig sei, um sie dazu zu bringen, ihn zu heiraten, hatte dann aber gegrinst und gesagt „Ich werde gern ein Cranberry sein. Die Familie altert gut, und sie sind offensichtlich von ganzem Herzen treu und voller Glauben."

Alles wahr, aber sie hatte ihn umarmt und ihm gesagt, dass sie seinen Namen annehmen würde. Und da sie wusste, dass ihre liebe Gram und Grammy von oben zusahen, blickte sie zum Himmel und lächelte: Gott war gut.

So gut. Sie seufzte zufrieden, als sie daran dachte, und beobachtete Luc auf der anderen Seite des Festzelts, in dem sie feierten, umgeben von einer Horde grinsender Cowboys. Er hatte seinen Platz gefunden, nicht nur in ihrem Herzen, sondern auch hier unter den Männern, Cowboys mit Herzen so groß wie Texas. Es war perfekt.

„Herzlichen Glückwunsch!", sagte Molly begeistert. „Ich wollte nur sagen, dass meine Leser eure Romanze geliebt haben und die neue Geschichte über eure wunderschöne Hochzeit lieben werden. Danke, dass ich mitmischen durfte."

Lächelnd neigte Izzy den Kopf zur Seite. „Machst du Witze? Meine Gram und meine Grammy haben jedes Wort verdient, das du über sie geschrieben hast. Sie waren begeistert, da bin ich mir sicher. Und ich wette, deine Leser werden für eine lange Zeit ‚Mule Hollow ist der richtige Ort' singen."

Molly lachte. „Ich weiß. Aber diese da." Sie nickte einer strahlend lächelnden Lacy zu, die auf sie zukam. „Sie hatte auch ein Lied für Mule Hollow. Ich frage mich, ob das deine Großmütter dazu inspiriert hat, ein eigenes Lied zu dichten?"

„Redet ihr alle über diese tolle Hochzeit, oder habe ich gerade etwas von einem Lied gehört?" Lacy legte ihre rosa lackierten Fingernägel auf ihre Hüften und trommelte.

„Ich habe Izzy gesagt, dass das Lied ihrer Großmütter nicht das erste Lied war, das hier in unserer Stadt der Liebe in der Luft liegt."

Lacys Lächeln war strahlend. „Mein Lied, das in meinem Kopf gespielt hat und immer noch nachhallt, stammt aus der alten Serie ‚Love Boat', weißt du?" Sie grinste und sang dann: „Liebe liegt in der Luft und in den Haaren … Mule Hollow, wo all deine Träume wahr werden ...“

Sie lachten, umarmten einander dann und lächelten. „Diese Stadt“, sagte Izzy, und Freude brach in ihr aus. „Ist der richtige Ort. Und Lieder, oh mein Gott, sie ist voller Lieder. Ich werde immer singen und dankbar sein, dass meine süßen Großmütter mich hierhergebracht haben.“

Norma Sue, Esther Mae und Adela umarmten einander.

„Wir sind froh, dass sie es getan haben“, sagte Norma Sue. „Hier ist der Ort, an dem immer Frauen für unsere Cowboys gesucht werden. Und wir freuen uns, dass du dem Club beigetreten bist.“

Und ihr Blick wanderte durch das Zelt zu Luc, der sie lächelnd beobachtete. Tränen traten ihr in die Augen. „Oh ja, ich bin so glücklich, Mitglied des ‚Frauen gesucht Clubs' zu sein, und ich bin dabei, wenn es darum geht, anderen dabei zu helfen, die Liebe zu finden, von der wir alle wissen, dass sie existiert.“

Und das war sie. *Liebe*, es war ein Wunder, und mit vollem Herzen entschuldigte sie sich bei den anderen Frauen, ging durch das Zelt und traf Luc auf halbem Weg. Mit glücklichem Herzen trat sie in seine Arme und war zu Hause. Und ihre Großmütter sangen ...

Mule Hollow ist der richtige Ort ... Liebe geschieht auf die wunderbarste Art und Weise ... Gib niemals auf, und eines Tages wirst du ihn treffen ...

den Mann deiner Träume.

die Liebe deines Lebens...

Und sie hatte ihn getroffen ... und dann küsste sie ihn.

Und ihr Herz sang mit ihren Großmüttern ... sie war zu Hause.

Augenblicke später erwischte sie den jungen Max, der sie mit einem seltsamen Gesichtsausdruck von der anderen Seite beobachtete. Ein Blick, den sie verstand. „Luc, ich glaube, meine Großmütter haben angefangen, jetzt in Max' Kopf zu singen. Er hat diesen seltsamen Gesichtsausdruck ..."

Luc warf Max einen Blick zu und lächelte sie dann an. „Ich denke, du hast recht. Oh Mann, das wird eine Show sein!"

Sie seufzte. „Ja, das wird interessant. Aber Luc, ich liebe dich und bin so froh, dass wir von nun an die Stars unserer Liebesgeschichte sein dürfen."

„Darlin', mir geht's genauso. Komm, lass uns tanzen."

„Bitte, lass uns das machen. Ich habe mich schon die ganze Zeit auf diesen Tanz gefreut."

Und gemeinsam machten sie sich auf den Weg auf die Tanzfläche, während die Musik schon spielte ... Aber sie war so auf den Mann konzentriert, den sie liebte, dass sie nur das Donnern ihres Herzens hörte, als er sie in seine Arme nahm und sie tanzten. Für immer zusammen.

Weitere Bücher von Debra Clopton

Die Texas Matchmakers können es nicht lassen
Das Problem mit einem Kleinstadt-Cowboy

Die Cowboys von Dew Drop, Texas
Unvergesslicher Cowboy
Unerwarteter Cowboy
Unfehlbarer Cowboy
Unbestreitbarer Cowboy
Undisputable Cowboy

**Turner Creek Ranch Serie –
Die Cowboys von Mule Hollow**
Schätze mich, Cowboy
Rette mich, Cowboy
Mach mich ganz, Cowboy
Schmeichle mir, Cowboy

Windswept Bay
Von Diesem Moment An
Irgendwo Mit Dir
Mit Diesem Kuss & Für Immer Und Ewig
Warten Auf Liebe
Mit Diesem Ring
Mit Diesem Versprechen
Mit Diesem Schwur
Mit Diesem Wunsch
Mit dieser Ewigkeit

**Die Holden Brüder –
Die Cowboys von Mule Hollow**
Das Herz eines Cowboys
„Das Vertrauen eines Cowboys"
Die Wahre Liebe Eines Cowboys

New Horizon Ranch Serie
Ein Cowboy für Maddie
Ein Cowgirl für Rafe
Ein Cowgirl für Chase
Ein Cowgirl für Ty
Eine Familie für Dalton
Eine Tierärztin für Treb
Maddies geheimes Baby
Ein Cowgirl für Austin

Die Cowboys von Mule Hollow Serie
Liebe Mich, Cowboy
Tanz Mit Mir, Cowboy
Immer Ärger mit Lacy Brown
… plus Baby macht fünf
Mein Herz gehört dir, Cowboy
Halt mich, Cowboy
Sei mein, Cowboy
Operation: Bis Weihnachten Verheiratet
Verehre Mich, Cowboy
Überrasch Mich, Cowboy
Sing für mich, Cowboy
Komm zu mir zurück, Cowboy
Reit mit mir, Cowboy

Die Cowboys von Ransom Creek
Trip: Ihr Cowboy-Held (Vorgeschichte)
Carson: The Cowboy's Braut zu mieten
Cooper: Bezaubert vom Cowboy
Shane: Cowboy's Junk-Store Prinzessin
Vance: Ire Cowboy der Zweiten Chance
Drake: Der Cowboy und die Maisy Love
Brice: Nicht Ruhig auf der Suche nach einer Familie

Über die Autorin

Die Bestseller-Autorin Debra Clopton hat bereits über 2,5 Millionen Bücher verkauft. Ihr Buch OPERATION: MARRIED BY CHRISTMAS soll sogar als ABC Familienfilm verfilmt werden. Debra ist bekannt für ihre modernen Westernromanzen, texanischen Cowboys und temperamentvollen Heldinnen. Romantik und eine Prise Humor werden immer miteinander verflochten, um den Leser zum Lächeln zu bringen. Als Texanerin in sechster Generation lebt sie mit ihrem Ehemann auf einer Ranch im Herzen von Texas und freut sich immer über Zuschriften von ihren Lesern.

Besuche Debras Webseite auf
www.debraclopton.com/deutsch.
Melde dich für Debras Newsletter an
www.subscribepage.com/abonnieren-sie-meinen-deutschen-newsletter
Schau auf Facebook bei ihr vorbei
www.facebook.com/debra.clopton.5
Folge ihr auf Twitter unter @debraclopton
Schreibe ihr über debraclopton@ymail.com